U0113527

内篇　卷三

應務

閑暇時留心不成，倉卒時措手不得。胡亂支吾，任其成敗，或悔或不悔，事過後依然如昨。世之人如此者，百人而百也。『凡事豫則立』，此五字極當理會。

道眼在是非上見，情眼在愛憎上見，物眼無別白，渾沌而已。

實見得是時，便要斬釘截鐵，脱然爽潔。做成一件事，不可拖泥帶水，靠壁倚墻。

人定真足勝天，今人但委于天，而不知人事之未定耳。夫冬氣閉藏不能生物，而老圃能開冬花、結春實；物性蠢愚不解人事，而鳥師能使雀弈棋、蛙教書，况于能爲之人事，而可委之天乎？

責善要看其人何如，其人可責以善，又當自盡長善救失之道，無

指摘其所忌，無盡數其所失，無對人，無峭直，無長言，無累言，犯此六戒，雖忠告，非善道矣。其不見聽，我亦且有過焉，何以責人？

余行年五十，悟得『五不争』之味。人問之，曰：『不與居積人争富，不與進取人争貴，不與矜飾人争名，不與簡傲人争禮節，不與盛氣人争是非。』

衆人之所混同，賢者執之；賢者之所束縛，聖人融之。

做天下好事，既度德量力，又審勢擇人。『專欲難成，衆怒難犯』，此八字者，不獨妄動人宜慎，雖以至公無私之心行正大光明之事，亦須調劑人情，發明事理，俾大家信從，然後動有成，事可久。盤庚遷殷，武王伐紂，三令五申，猶恐弗從。蓋恒情多暗于遠識，小人不便于已私，群起而壞之，雖有良法，胡成胡久？自古皆然，故君子慎之。

辨學術，談治理，直須窮到至處，讓人不得。所謂『宗廟朝廷便便言』者，蓋道理古今之道理，政事國家之政事，務須求是乃已。我兩人皆置之度外，非求伸我也，非求勝人也，何讓人之有？只是平心易氣，爲辨家第一法，纔聲高色厲，便是没涵養。

五月繅絲，正爲寒時用；八月績麻，正爲暑時用；平日涵養，正爲臨時用。若臨時不能駕御氣質、張主物欲，平日而曰我涵養，吾不信也。夫涵養工夫豈爲涵養時用哉？故馬蹶而後求轡，不如操持之有常；輻折而後爲輪，不如約束之有素。其備之也若迂，正爲有時而用也。

膚淺之見，偏執之説，傍經據傳，也近一種道理，究竟到精處，都是浮説詖辭。所以知言必須胸中有一副極準秤尺，又須在堂上，而後人始從。不然窮年聚訟，其誰主持邪？

纖芥，衆人能見，置纖芥于百里外，非驪龍不能見。疑似，賢人能辨，精義而至入神，非聖人不解辨。夫以聖人之辨語賢人，且滋其惑，況衆人乎？是故微言不入世人之耳。

理直而出之以婉，善言也，善道也。

『因』之一字，妙不可言，因利者無一錢之費，因害者無一力之勞，因情者無一念之拂，因言者無一語之爭。或曰：不幾于徇乎？曰：此轉人而徇我者也。或曰：不幾于術乎？曰：此因勢而利導者也。故惟聖人善用因，智者善用因。

處世常過厚無害，惟爲公持法則不可。

天下之物，紆徐柔和者多長，迫切躁急者多短。故烈風驟雨，無崇朝之威，暴漲狂瀾，無三日之勢。催拍促調，非百板之聲；疾策緊銜，非千里之轡。人生壽夭禍福，無一不然。褊急者可以思矣。

干天下事無以期限自寬，事有不測，時有不給，常有餘于期限之內，有多少受用處！

將事而能弭，當事而能救，既事而能挽，此之謂達權，此之謂才。未事而知其來，始事而要其終，定事而知其變，此之謂長慮，此之謂識。

凡禍患，以安樂生，以憂勤免；以奢肆生，以謹約免；以觖望生，以知足免；以多事生，以慎動免。

任難任之事，要有力而無氣；處難處之人，要有知而無言。

撼大摧堅，要徐徐下手，久久見功，默默留意。攘臂極力，一犯手自家先敗。

昏暗難諭之識，優柔不斷之性，剛愎自是之心，皆不可與謀天下之事。智者一見即透，練者觸類而通，困者熟思而得。三者之所長，謀事之資也，奈之何其自用也。

事必要其所終，慮必防其所至，若見眼前快意便了，此最無識。故事有當怒而君子不怒，當喜而君子不喜，當爲而君子不爲，當已而君子不已者。衆人知其一，君子知其他也。

柔而從人于惡，不若直而挽人于善；直而挽人于善，不若柔而挽人于善之爲妙也。

激之以理法，則未至于惡也，而奮然爲惡；愧之以情好，則本不從義也，而奮然向義。此游說者所當知也。

善處世者要得人自然之情，得人自然之情則何所不得？失人自然之情則何所不失？不惟帝王爲然，雖二人同行，亦離此道不得。

『察言觀色，度德量力』，此八字處世處人一時少不得底。

人有言不能達意者，有其狀非其本心者，有其言貌誣其本心者。

君子觀人，與其過察而誣人之心，寧過恕以逃人之情。

人情，天下古今所同。聖人防其肆，特爲之立中以的之，故立法不可太激，製禮不可太嚴，責人不可太盡，然後可以同歸于道。不然是驅之使畔也。

天下之事，有速而迫之者，有遲而耐之者，有勇而劫之者，有柔而折之者，有憤而激之者，有喻而悟之者，有獎而歆之者，有甚而淡之者，有順而緩之者，有積誠而感之者。要在相機因時，舛施未有不敗者也。

論眼前事，就要説眼前處置，無追既往，無道遠圖。此等語雖精，無裨見在也。

我益智，人益愚；我益巧，人益拙。何者？相去之遠而相責之深也。惟有道者，智能諒人之愚，巧能容人之拙，知分量不相及而人各有能不能也。

天下之事，只定了便無事。物無定主而爭，言無定見而爭，事無定體而爭。

至人無好惡，聖人公好惡，衆人隨好惡，小人作好惡。

僕隸下人昏愚者多，而理會人意，動必有合，又千萬人不一二也。居上者往往以我責之，不合則艴然怒，甚者繼以鞭笞，則彼愈惶惑，而錯亂愈甚，是我之過大于彼也。彼不明而我當明也。彼無能事上，而我無量容下也；彼無心之失，而我有心之惡也。若忍性平氣，指使而面命之，是兩益也。彼我無苦，而事有濟，不亦可乎？《詩》曰：『匪怒伊教。』《書》曰：『無忿疾于頑。』此學者涵養氣質第一要務也。

或問：士大夫交際，禮與？曰：禮也。古者睦鄰國有享禮，有私覿，士大夫相見各有所贄，鄉黨亦然，婦人亦然，何可廢也？曰：近者嚴禁之，何也？曰：非禁交際，禁以交際行賄賂者也。夫無緣而交，無處而饋，其饋也過情，謂之賄可也。豈惟嚴禁，即不禁，君子不受焉。乃若宿在交知，情猶骨肉，數年不見，一飯不相留，人情乎？數千里來，一揖而告別，人情乎？則彼有饋遺，我有贈送，皆天理人情之不可已者也。士君子立身行己，自有法度，絕人逃世，情所不安。余謂秉大政者貴持平，不貴一切，持平則有節，一切則愈潰，何者？勢不能也。

古人愛人之意多，今日惡人之意多。愛人，故人易于改過而視我也常親，我之教常易行。惡人，故人甘于自弃而視我也常仇，我之言益不入。

觀一葉而知樹之死生，觀一面而知人之病否，觀一言而知識之是非，觀一事而知心之邪正。

論理要精詳，論事要剴切，論人須帶二三分渾厚。若切中人情，人必難堪，故君子不盡人之情，不盡人之過。非直遠禍，亦以留人掩飾之路，觸人悔悟之機，養人體面之餘，亦天地涵蓄之氣也。

父母在難，盜能爲我救之，感乎？曰：此不世之恩也，何可以弗感？設當用人之權，此人求用，可薦之乎？曰：何可薦也？天命有德，帝王之公典也，我何敢以私恩奸之？設當理刑之職，此人在獄，可縱之乎？曰：何可縱也？天討有罪，天下之公法也，我何敢以私恩骫之？曰：何以報之？曰：用吾身時，爲之死可也；用吾家時，爲之破可也；其他患難，與之共可也。

凡有横逆來侵，先思所以取之之故，即思所以處之之法，不可便動氣。兩個動氣，一對小人，一般受禍。

喜奉承是個患障，彼之甘言卑辭、隆禮過情，冀得其所欲而免其可罪也。而我喜之、感之，遂其不當得之欲，而免其不可已之罪，以自蹈于廢公黨惡之大咎，以自犯于難事易悅之小人，是奉承人者智巧，而喜奉承者愚也。乃以爲相沿舊規責望于賢者，遂以不奉承恨之，甚者羅織而害之，其獲罪國法聖訓深矣，此居要路者之大戒也。雖然，奉承人者未嘗不愚也，使其所奉承而小人也則可，果君子也，彼未嘗不以此觀人品也。

疑心最害事，二則疑，不二則不疑也。然則聖人無疑乎？曰：聖人只認得一個理，因理以思，順理以行，何疑之有？賢人有疑，惑于理也；衆人多疑，惑于情也。或曰：不疑而爲人所欺，奈何？曰：學到不疑時自然能先覺，况不疑之學，至誠之學也，狡僞亦不忍欺矣。

以時勢低昂理者，衆人也；以理低昂時勢者，賢人也；惟理是視，無所低昂者，聖人也。

貧賤以傲爲德，富貴以謙爲德，皆賢人之見耳。聖人只看理當何如，富貴貧賤除外算。

成心者，見成之心也。聖人胸中洞然清虛，無個見成念頭，故曰絶四。今人應事宰物都是成心，縱使聰明照得破，畢竟是意見障。

凡聽言要先知言者人品，又要知言者意向，又要知言者識見，又要知言者氣質，則聽不爽矣。

不須犯一口説，不須著一意念，只恁真真誠誠行將去，久則自有不言之信，默成之孚。薰之善良，遍爲爾德者矣。碱蓬生于碱地，燃之可碱；鹽蓬生于鹽地，燃之可鹽。

世人相與，非面上則口中也。人之心固不能掩于面與口，而不可測者，則不盡于面與口也。故惟人心最可畏，人心最不可知，此天下之陷阱，而古今生死之衢也。予有一拙法，推之以至誠，施之以至厚，持之以至慎，遠是非，讓利名，處後下，則夷狄鳥獸可骨肉而腹心矣。將令深者且傾心，險者且化德，而何陷阱之予及哉？不然，必予道之未盡也。

處世只一『恕』字，可謂以己及人，視人猶己矣。然有不足以盡者：天下之事，有己所不欲而人欲者，有己所欲而人不欲者，這裏還須理會，有無限妙處。

寧開怨府，無開恩竇。怨府難充，而恩竇易擴也；怨府易閉而恩竇難塞也，閉怨府爲福而塞恩竇爲禍也。怨府一仁者能閉之，恩竇非仁、義、禮、智、信備不能塞也。仁者布大德不干小譽，義者能果斷不爲姑息，禮者有等差節文，不一切以苦人情，智者有權宜運用，不張皇以駭聞聽，信者素孚人，舉措不生衆疑，缺一必無全計矣。

君子與小人共事必敗，君子與君子共事亦未必無敗，何者？意見不同也。今有仁者、義者、禮者、智者、信者五人焉，而共一事，五相濟則事無不成，五有主則事無不敗。仁者欲寬，義者欲嚴，智者欲巧，信者欲實，禮者欲文，事胡以成？此無他，自是之心勝而相持之勢均也。歷觀往事，每有以意見相爭至亡人國家，釀成禍變而不顧，君子之罪大矣哉！然則何如？曰：勢不可均。勢均則不相下，勢均則無忌憚而行其胸臆。三軍之事，卒伍獻計，偏裨謀事，主將斷一，何意見之敢爭？然則善天下之事亦在乎通者當權而已。

萬弊都有個由來，只救枝葉，成得甚事。

與小人處，一分計較不得，須要放寬一步。

處天下事只消得『安詳』二字，雖兵貴神速，也須從此二字做出。然安詳非遲緩之謂也，從容詳審，養奮發于凝定之中耳。是故不閑則不忙，不逸則不勞。若先怠緩則後必急躁，是事之殃也。十行九悔，豈得謂之安詳？

果决人似忙，心中常有餘閑；因循人似閑，心中常有餘累。君子應事接物，常贏得心中有從容閑暇時便好，若應酬時勞擾，不應酬時牽挂，極是吃累底。

爲善而偏于所向亦是病，聖人之爲善，度德量力，審勢順時，且如發棠不勸，非忍萬民之死也，時勢不可也。若認煞民窮可悲，而枉己徇人，便是欲矣。

分明不動聲色，濟之有餘；却露許多痕迹，費許大張皇，最是拙工。

天下有兩可之事，非義精者不能擇，若到精處，畢竟止有一可耳。

聖人處事有變易無方底，有執極不變底，有一事而所處不同底，有殊事而所處一致底，惟其可而已。自古聖人適當其可者，堯、舜、禹、文、周、孔數聖人而已。當可而又無迹，此之謂至聖。

聖人處事，如日月之四照，隨物爲影；如水之四流，隨地成形，己不與也。

使氣最害事，使心最害理，君子臨事，平心易氣。

昧者知其一不知其二，見其所見而不見其所不見，故于事鮮克有濟。惟智者能柔能剛，能圓能方，能存能亡，能顯能藏。舉世懼且疑，而彼確然爲之，卒如所料者，見先定也。

字到不擇筆處，文到不修句處，話到不檢口處，事到不苦心處，皆謂之自得。自得者，與天遇。

無用之樸，君子不貴。雖不事機械變詐，至于德慧術知，亦不可無。

神清人無忽語，機活人無痴事。

非謀之難，而斷之難也。謀者盡事物之理，達時勢之宜，意見所到，不患其不精也。然衆精集而兩可，斷斯難矣。故謀者較尺寸，斷者較毫釐；謀者見一方至盡，斷者會八方取中。故賢者皆可與謀，而斷非聖人不能也。

人情不便處便要迴避，彼雖難于言而心厭苦之，此慧者之所必覺也。是以君子體悉人情。悉者，委曲周至之謂也。恤其私，濟其願，成其名，泯其迹，體悉之至也，感人淪于心骨矣。故察言觀色者，學之粗也；達情會意者，學之精也。

天下事只怕認不真，故依違觀望，看人言爲行止。認得真時，則有不敢從之君親，更那管一國非之，天下非之。若做事先怕人議論，做到中間，一被謗誹，消然中止，這不止無定力，且是無定見。民各有心，豈得人人識見與我相同？民心至愚，豈得人人意思與我相信？是以作事，君子要見事後功業，休恤事前議論，事成後衆論自息。即萬一不成，而我所爲者合下便是當爲也，論不得成敗。

審勢量力，固智者事，然理所當爲而值可爲之地，聖人必做一番，計不得成敗。如圍成不克，何損于舉動，竟是成當墮耳。孔子爲政于衛，定要下手正名，便正不來，去衛也得，只事這個事定姑息不過。今人做事只計成敗，都是利害心害了是非之公。

或問：慮以下人，是應得下他不？曰：若應得下他，如子弟之下父兄，這何足道？然亦不是卑諂而徇人以非禮之恭，只是無分毫上人之心，把上一著，前一步，盡着別人占，天地間惟有下面底最寬，後面底最長。

士君子在朝則論政，在野則論俗，在廟則論祭禮，在喪則論喪禮，在邊圉則論戰守。非其地也，謂之羨談。

處天下事，前面常長出一分，此之謂豫；後面常餘出一分，此之謂裕。如此則事無不濟而心有餘樂。若扣殺分數做去，必有後悔處。人亦然，施在我，有餘之恩則可以廣德；留在人，不盡之情則可以全好。

非首任，非獨任，不可爲禍福先，福始禍端，皆危道也。士君子當大事時，先人而任，當知『慎果』二字；從人而行，當知『明哲』二字。明哲非避難也，無裨于事，而只自没耳。

養態，士大夫之陋習也。古之君子，養德德成，而見諸外者有德容。見可怒則有剛正之德容，見可行則有果毅之德容。當言則終日不虚口，不害其爲默；當刑則不宥小故，不害其爲量。今之人，士大夫以寬厚渾涵爲盛德，以任事敢言爲性氣，銷磨憂國濟時者之志，使之就文法走俗狀，而一無所展布。嗟夫！治平之世宜爾，萬一多故，不知張眉吐膽、奮身前步者誰也，此前代之覆轍也。

處事先求大體，居官先厚民風。

臨義莫計利害，論人莫計成敗。

一人覆屋以瓦，一人覆屋以茅，謂覆瓦者曰：『子之費十倍予，然而蔽風雨一也。』覆瓦者曰：『茅十年腐，而瓦百年不碎，子百年十更，而多以工力之費、屢變之勞也。』嗟夫！天下之患，莫大于有堅久之費，貽屢變之勞，是之謂工無用、害有益。天下之患，亦莫大于狃朝夕之近，忘久遠之安，是之謂欲速成、見小利。是故樸素渾堅，聖人制物利用之道也。彼好文者，惟樸素之耻而靡麗，夫易敗之物，不智甚矣。或曰：靡麗其渾堅者可乎？曰：既渾堅矣，靡麗奚爲？苟以靡麗之費而爲渾堅之資，豈不尤渾堅哉？是故君子作有益則輕千金，作無益則惜一介。假令無一介之費，君子亦不作無益，何也？不敢以耳目之玩，啓天下民窮財盡之禍也。

遇事不妨詳問、廣問，但不可有偏主心。

輕信驟發，聽言之大戒也。

君子處事，主之以鎮静有主之心，運之以圓活不拘之用，養之以從容敦大之度，循之以推行有漸之序，待之以序盡必至之效，又未嘗有心勤效遠之悔。今人臨事纔去安排，又不耐躊躇，草率含糊，與事拂亂。豈無幸成？竟不成個處事之道。

君子與人共事，當公人己而不私。苟事之成，不必功之出自我也；不幸而敗，不必咎之歸諸人也。

有當然，有自然，有偶然。君子盡其當然，聽其自然，而不惑于偶然。小人泥于偶然，拂其自然，而弃其當然。噫！偶然不可得，并其當然者失之，可哀也。

不爲外撼，不以物移，而後可以任天下之大事。彼悦之則悦，怒之則怒，淺衷狹量，粗心浮氣，婦人孺子能笑之，而欲有所樹立，難矣。何也？其所以待用者無具也。

『明白簡易』，此四字可行之終身。役心機，擾事端，是自投劇網也。

水之流行也，礙于剛則求通于柔；智者之于事也，礙于此則求通于彼。執礙以求通，則愚之甚也，徒勞而事不濟。

計天下大事，只在要緊處一着留心用力，别個都顧不得。譬之弈棋，只在輸贏上留心，一馬一卒之失，渾不放在心下。若觀者以此預計其高低，弈者以此預亂其心目，便不濟事。況善籌者以與爲取，以喪爲得。善弈者餌之使吞，誘之使進，此豈尋常識見所能策哉！乃見其小失而遽沮撓之，擯斥之，英雄豪杰可爲竊笑矣，可爲慟惋矣。

夫勢，智者之所藉以成功，愚者之所逆以取敗者也。夫勢之盛也，天地聖人不能裁；勢之衰也，天地聖人不能振，亦因之而已。因之中寓處之權，此善用勢者也，乃所以裁之振之也。

士君子抱經世之具，必先知五用。五用之道未得而漫嘗試之，此小丈夫技癢，童心之所爲也，事必不濟。是故貴擇人。不擇可與共事之人則不既厥心、不堪其任，或以虛文相欺，或以意見相傾，譬以玉杯付小兒而奔走于崎嶇之峰也。是故貴達時。時者，成事之期也。機有可乘，會有可際，不先不後，則其道易行。不達于時，譬投種于堅凍之候也。是故貴審勢。勢者，成事之藉也。登高而招，順風而呼，不勞不費而功其易就。不審于勢，譬行舟于平陸之地也。是故貴慎發。左盼右

望，長慮却顧，實見得利矣，又思其害；實見得成矣，又慮其敗，萬無可虞則執極而不變。不慎所發，譬夜射儀的也。是故貴宜物。夫事有當蹈常襲故者，有當改弦易轍者，有當興廢舉墜者，有當救偏補敝者，有以小弃大而卒以成其大者，有理屈于勢而不害其爲理者，有當三令五申者，有當不動聲色者。不宜于物，譬苗莠兼存而玉石俱焚也。嗟夫！非有其具之難而用其具者之難也。

腐儒之迂説，曲士之拘談，俗子之庸識，躁人之淺見，譎者之异言，憸夫之邪語，皆事之賊也，謀斷家之所忌也。

智者之于事，有言之而不行者，有所言非所行者；有先言而後行者，有先行而後言者；有行之既成而始終不言其故者。要亦爲國家深遠之慮而求心必濟而已。

善用力者就力，善用勢者就勢，善用智者就智，善用財者就財，夫

是之謂乘。乘者，知幾之謂也。失其所乘，則倍勞而功不就；得其所乘，則與物無忤，于我無困，而天下享其利。

凡酌量天下大事，全要個融通周密、憂深慮遠。營室者之正方面也，遠視近視，曰有近視正而遠視不正者；較長較短，曰有準于短而不準于長者；應上應下，曰有合于上而不合于下者；顧左顧右，曰有協于左而不協于右者。既而遠近長短上下左右之皆宜也，然後執繩墨，運木石，鳩器用，以定萬世不拔之基。今之處天下事者，粗心浮氣，淺見薄識，得其一方而固執以求勝，以此圖久大之業，爲治安之計，難矣。

字經三書未可遽真也，言傳三口未可遽信也。

巧者，氣化之賊也，萬物之禍也，心術之蠹也，財用之灾也，君子不貴焉。

君子之處事有真見矣，不遽行也，又驗衆見，察衆情。協諸理而協，協諸衆情，衆見而協，則斷以必行。果理當然，而衆情衆見之不協也，又委曲以行吾理，既不貶理，又不駭人，此之謂理術。噫！惟聖人者能之，獵較之類是也。

干天下大事，非氣不濟。然氣欲藏不欲露，欲抑不欲揚。掀天揭地事業，不動聲色，不驚耳目，做得停停妥妥，此爲第一妙手，便是入神。譬之天地，當春夏之時，發育萬物，何等盛大流行之氣，然視之不見，聽之不聞，豈無風雨雷霆，亦只時發間出，不顯匠作萬物之迹，這纔是化工。

疏于料事而拙于謀身，明哲者之所懼也。

實處着脚，穩處下手。

姑息依戀，是處人大病痛，當義處，雖處骨肉，亦要果斷。魯莽徑直，是處事大病痛，當緊要處，雖細微亦要檢點。

正直之人，能任天下之事。其才其守小事自可見。若說小事且放過，大事到手纔見擔當，這便是飾說，到大事定然也放過了。松柏生小便直，未有始曲而終直者也。若用權變時，另有較量，又是一副當說話。

無損損，無益益，無通通，無塞塞，此調天地之道、理人物之宜也。然人君自奉無嫌于損損，于百姓無嫌于益益。君子擴理路無嫌于通通，杜欲竇無嫌于塞塞。

事物之理有定，而人情意見千歧萬徑，吾得其定者而行之，即行迹可疑，心事難白，亦付之無可奈何。若惴惴畏譏，瑣瑣自明，豈能家置一喙哉！且人不我信，辯之何益？人若我信，何事于辯？若事有關涉，則不當以緘默妨大計。

處人、處己、處事，都要有餘，無餘便無救性，此裏甚難言。

悔前莫如慎始，悔後莫如改圖，徒悔無益也。

居鄉而囿于數十里之見，硜硜然守之也，百攻不破。及游大都，見千里之事，茫然自失矣。居今而囿于千萬人之見，硜硜然守之也，百攻不破，及觀《墳》、《典》，見千萬年之事，茫然自失矣。是故囿見不可狃，狃則狹，狹則不足以善天下之事。

事出于意外，雖智者亦窮，不可以苛責也。

天下之禍，多隱成而卒至，或偶激而遂成。隱成者貴預防，偶激者貴堅忍。

當事有四要：際畔要果決，怕是綿；執持要堅耐，怕是脆；機栝要深沉，怕是淺；應變要機警，怕是遲。

君子動大事，十利而無一害，其舉之也必矣。然天下無十利之事，不得已而權其分數之多寡，利七而害三，則吾全其利而防其害，又較其事勢之輕重。亦有九害而一利者，爲之，所利重而所害輕也，所利急而所害緩也，所利難得而所害可救也，所利久遠而所害一時也。此不可與淺見薄識者道。

當需，莫厭久，久時與得時相鄰。若憤其久也而決絕之，是不能忍于斯須而甘弃前勞，坐失後得也，此從事者之大戒也。若看得事體審，便不必需，即需之久，亦當速去。

朝三暮四，用術者誠詐矣。人情之極致，有以朝三暮四爲便者，有以朝四暮三爲便者，要在當其所急。猿非愚，其中必有所當也。

天下之禍非偶然而成也，有輳合，有搏激，有積漸。輳合者雜而不可解，在天爲風雨雷電，在身爲多過，在人爲朋奸，在事爲衆惡遭會，在病爲風寒暑濕合而成痹。搏激者勇而不可禦，在天爲迅雷大雹，在

身爲忿恨，在人爲横逆卒加，在事爲驟感成凶，在病爲中寒暴厥。積漸者極重而不可反，在天爲寒暑之序，在身爲罪惡貫盈，在人爲包藏待逞，在事爲大蔽極壞，在病爲血氣衰羸，痰火蘊鬱，奄奄不可支。此三成者，理勢之自然，天地萬物皆不能外。禍福之來，恒必由之，故君子爲善，則籍衆美而防錯履之多，奮志節而戒一朝之怒，體道以終身，孜孜不倦，而絕不可長之欲。

再之略不如一之詳也，一之詳不如再之詳也，再詳無後憂矣。

有餘，當事之妙道也。故萬無可慮之事備十一，難事備百一，大事備千一，不測之事備萬一。

在我有餘，則足以當天下之感，以不足當感，未有不困者。識有餘，理感而即透；才有餘，事感而即辨；力有餘，任感而即勝；氣有餘，變感而不震；身有餘，内外感而不病。

語之不從，争之愈勍，名之乃驚。不語不争，無所事名，忽忽冥冥，吾事已成，彼亦懵懵。昔人謂不動聲色而措天下于泰山，予以爲動聲色則不能措天下于泰山矣。故曰：『默而成之，不言而信，存乎德行。』

天下之事，在意外者常多。衆人見得眼前無事都放下心，明哲之士只在意外做功夫，故每萬全而無後憂。

不以外至者爲榮辱，極有受用處，然須是裏面分數足始得。今人見人敬慢，輒有喜愠心，皆外重者也，此迷不破，胸中冰炭一生。

有一介必吝者，有千金可輕者，而世之論取與，動曰所直幾何，此亂語耳。

才猶兵也，用之伐罪吊民則爲仁義之師，用之暴寡凌弱則爲劫奪之盜，是故君子非無才之患，患不善用才耳。故惟有德者能用才。

藏莫大之害而以小利中其意，藏莫大之利而以小害疑其心，此愚者之所必墮而智者之所獨覺也。

今人見前輩先達作事，不自振拔，輒生嘆恨，不知渠當我時也曾嘆恨人否，我當渠時能免後人嘆恨否。事不到手，責人盡易，待君到手時，事事努力，不輕放過便好。只任嘵嘵責人，他日縱無可嘆恨，今日亦浮薄子也。

區區與人較是非，其量與所較之人相去幾何？

無識見底人，難與説話；偏識見底人，更難與説話。

兩君子無争，相讓故也。一君子一小人無争，有容故也。争者，兩小人也。有識者奈何自處于小人？即得之未必榮，而况無益于得？以博小人之名，又小人而愚者。

方嚴是處人大病痛。聖賢處世，離一温厚不得，故曰『泛愛衆』，曰『和而不同』，曰『和而不流』，曰『群而不黨』，曰『周而不比』，曰『愛人』，曰『慈祥』，曰『豈弟』，曰『樂只』，曰『親民』，曰『容衆』，曰『萬物一體』，曰『天下一家，中國一人』，只憑踽踽涼涼，冷落難親，便是世上一個礙物。即使持正守方，獨立不苟，亦非用世之才，只是一節狷介之士耳。

謀天下後世事，最不可草草，當深思遠慮，衆人之識，天下所同也，淺昧而狃與目前。其次有衆人看得一半者，其次豪杰之士，與練達之人，得其大概者，其次精識之人，有曠世獨得之見者，其次經綸措置，當時不動聲色，後世不能變易者，至此，則精矣盡矣，無以復加矣，此之謂大智，此之謂真才。若偶得之見，借聽之言，翹能自喜，而攘臂直言天下事，此老成者之所哀，而深沉者之所懼也。

而今只一個『苟』字，支吾世界，萬事安得不廢弛！

天下事要乘勢待時，譬之決癰，待其將潰則病者不苦而癰自愈。若虺蝮毒人，雖即砭手斷臂，猶遲也。

飯休不嚼就咽，路休不看就走，人休不擇就交，話休不想就説，事休不思就做。

參苓歸芪，本益人也，而與身無當，反以益病；親厚懇切，本愛人也，而與人無當，反以速禍。故君子慎焉。

兩相磨蕩，有皆損無俱全，特大小久近耳。利刃終日斷割，必有缺折之時；砥石終日磨礱，亦有虧消之漸。故君子不欲敵人，以自全也。

見前面之千里，不若見背後之一寸，故達觀非難，而反觀爲難；見見非難，而見不見爲難。此舉世之所迷，而智者之獨覺也。

譽既汝歸，毀將安辭？利既汝歸，害將安辭？巧既汝歸，罪將安辭？

上士會意，故體人也以意，觀人也以意。意之感人也深于骨肉，意之殺人也毒于斧鉞。鷗鳥知漁父之機，會意也，可以人而不如鷗乎？至于徵色發聲而不觀察，則又在『色斯舉矣』之下。

士君子要任天下國家事，先把本身除外，所以説『策名委質』，言自策名之後，身已非我有矣，况富貴乎？若營營于富貴身家，却是社稷蒼生委質于我也，君之賊臣乎！天之僇民乎！

聖賢之量空闊，事到胸中如一葉之泛滄海。

聖賢處天下事，委曲紆徐，不輕徇一己之情，以違天下之欲，以破天下之防。是故道有不當直，事有不必果者，此類是也。譬之行道然，循曲從遠，順其成迹，而不敢以欲速適己之便者，勢不可也。若必欲簡捷直遂，則兩京程途，正以繩墨，破城除邑，塞河夷山，終有數百里之近矣，而人情事勢不可也。是以處事要遜以出之，而學者接物怕徑情直行。

熱鬧中，空老了多少豪杰；閑淡滋味，惟聖賢嘗得出。及當熱鬧時，也只以這閑淡心應之。天下萬事萬物之理都是閑淡中求來，熱鬧處使用，是故靜者動之母。

胸中無一毫欠缺，身上無一些點染，便是羲皇以上人，即在夷狄患難中，何异玉燭春臺上。

聖人掀天揭地事業只管做，只是不費力；除害去惡只管做，只是不動氣；蹈險投艱只管做，只是不動心。

聖賢用剛只够濟那一件事便了，用明只够得那件情便了，分外不剩分毫。所以做事無痕迹，甚渾厚，事既有成而亦無議。

聖人只有一種才，千通萬貫，隨事合宜。譬如富貴，只積一種錢，貿易百貨都得。衆人之才如貨，輕縠雖美，不可當暑。又養才要有根本，則隨遇不窮；運才要有機栝，故隨感不滯；持才要有涵蓄，故隨事不敗。

坐疑似之迹者，百口不能自辨；狃一見之真者，百口難奪其執，此世之通患也。唯聖虚明通變，吻合人情，如人之肝肺在其腹中，既無遁情，亦無誣執，故人有感泣者，有愧服者，有歡悦者。故曰『惟聖人爲能通天下之志』。不能如聖人，先要個虚心。

聖人處小人，不露形迹，中間自有得已處。高崖陡塹，直氣壯頄，皆褊也。即不論取禍，近小丈夫矣。孟子見樂正子從王驩，何等深惡，及處王驩，與行而不與比，雖然，猶形迹矣。孔子處陽貨，只是個紿法，處向魋，只是個躲法。

君子所得不問，故其所行亦异。有小人于此，仁者憐之，義者惡之，禮者處之不失體，智者處之不取禍，信者推誠以禦之而不計利害，惟聖人處小人得當可之宜。

被髮于鄉鄰之鬥，豈是惡念頭？但類于從？井救人矣。聖賢不爲善于性分之外。

仕途上只應酬，無益人事，功夫占了八分，更有甚精力時候修正經職業？我嘗自喜行三種方便，甚于彼我有益：不面謁人，省其疲于應接；不輕寄書，省其困于裁答；不乞求人看顧，省其難于區處。

士君子終身應酬不止一事，全要將一個静定心，酌量緩急輕重爲後先。若應轇轕情，處紛雜事，都是一味熱忙，顛倒亂應，只此便不見存心定性之功、當事處物之法。

儒者先要個不俗，纔不俗又怕乖俗。聖人只是和人一般，中間自有妙處。

處天下事先把『我』字擱起，千軍萬馬中先把『人』字擱起。

處毀譽要有識有量，今之學者盡有向上底，見世所譽而趨之，見世所毀而避之，只是識不定。聞譽我而喜，聞毀我而怒，只是量不廣。真善惡在我，毀譽于我無分毫相干。

某平生只欲開口見心，不解作吞吐語。或曰：『恐非「其難其慎」之義。』予矍然驚謝曰：『公言甚是。但其難其慎在未言之前，心中擇個是字纔脱口，更不復疑，何吞吐之有？』吞吐者，半明半暗，似于『開誠心』三字礙。

接人要和中有介，處事要精中有果，認理要正中有通。

天下之事，常鼓舞不見罷勞，一衰歇便難振舉。是以君子提醒精神，不令昏眊；役使筋骨，不令怠惰，懼振舉之難也。

實言、實行、實心，無不孚人之理。

當大事要心神定，心氣足。

世間無一處無拂意事，無一日無拂意事，惟度量寬宏有受用處，彼局量褊淺者，空自懊恨耳。

聽言之道，徐審爲先，執不信之心與執必信之心，其失一也。惟聖人能先覺，其次莫如徐審。

君子之處事也，要我就事，不令事就我；其長民也，要我就民，不令民就我。

上智不悔，詳于事先也；下愚不悔，迷于事後也。惟君子多悔，雖然，悔人事不悔天命，悔我不悔人，我無可悔，則天也人也聽之矣。

某應酬時，有一大病痛，每于事前疏忽，事後點檢，點檢後輒悔吝。閑時慵懶，忙時迫急，迫急後輒差錯。或曰：此失先後著耳。肯把點檢心放在事前，省得點檢，又省得悔吝；肯把急迫心放在閑時，省得差錯，又省得牽挂。大率我輩不是事累心，乃是心累心。一謹之不能，而謹無益之謹；一勤之不能，而勤無及之勤。于此心倍苦，而于事反不詳焉，昏懦甚矣，書此以自讓。

無謂人唯唯，遂以爲是我也；無謂人默默，遂以爲服我也；無謂人煦煦，遂以爲愛我也；無謂人卑卑，遂以爲恭我也。

事到手且莫急，便要緩緩想；得時切莫緩，便要急急行。

我不能寧耐事而令事如吾意，不則躁煩；我不能涵容人而令人如吾意，不則譴怒。如是則終日無自在時矣。而事卒以僨，人卒以怨，我卒以損，此謂至愚。

有由衷之言，有由口之言。有根心之色，有浮面之色。各不同也，應之者貴審。

富貴，家之灾也；才能，身之殃也；聲名，謗之媒也；歡樂，悲之藉也。故惟處順境爲難。只是常有懼心，退一步做，則免于禍。

語云：一錯二誤，最好理會。凡一錯者必二誤，蓋錯必悔怍，悔怍則心凝于所悔，不暇他思，又錯一事。是以無心成一錯，有心成二誤也。禮節應對間，最多此失。苟有錯處，更宜鎮定，不可忙亂，一忙亂則相因而錯者無窮矣。

衝繁地，頑鈍人，紛雜事，遲滯期，拂逆時，此中最好養火。若決裂憤激，悔不可言。耐得過時，有無限受用。

當繁迫事，使聾瞽人；值追逐時，騎瘦病馬；對昏殘燭，理爛亂絲，而能意念不躁，聲色不動，亦不後事者，其才器吾誠服之矣。

義所當爲，力所能爲，心欲有爲，而親友挽得回，妻孥勸得止，只是無志。

妙處先定不得，口傳不得。臨事臨時，相機度勢，或只須色意，或只須片言，或用疾雷，或用積陰，務在當可。不必彼覺，不必人驚，却要善持善發，一錯便是死生關。

意主于愛，則詬罵撲擊，皆所以親之也。意主于惡，則奬譽綢繆，皆所以仇之也。

養定者，上交則恭而不迫，下交則泰而不忽，處親則愛而不狎，處疏則真而不厭。

有進用，有退用；有虛用，有實用；有緩用，有驟用；有默用，有不用之用。此八用者，宰事之權也，而要之歸于濟義，不義雖濟，君子不貴也。

責人要含蓄，忌太盡；要委婉，忌太直；要疑似，忌太真。今子弟受父兄之責也，尚有所不堪，而况他人乎？孔子曰：『忠告而善道之，不可則止。』此語不止全交，亦可養氣。

禍莫大于不仇人而有仇人之辭色，耻莫大于不恩人而詐恩人之狀態。

柔勝剛，訥止辯，讓愧争，謙伏傲，是故退者得常倍，進者失常倍。

余少時曾泄當密之語，先君責之，對曰：『已戒聞者，使勿泄矣。』先君曰：『子不能必子之口，而能必人之口乎？且戒人與戒己孰難？小子慎之。』

中孚，妙之至也，格天動物不在形迹言語。事爲之末，苟無誠以孚之，諸皆糟粕耳，徒勤無益于義。鳥抱卵曰孚，從爪從子，血氣潛入，而子隨母化，豈在聲色？豈事造作？學者悟此，自不怨天尤人。

應萬變，索萬理，惟沉静者得之。是故水止則能照，衡定則能稱。世亦有昏昏應酬而亦濟事，夢夢談道而亦有發明者，非資質高，則偶然合也，所不合者何限？

禍莫大于不體人之私而又苦之，仇莫深于不諱人之短而又訐之。

肯替别人想，是第一等學問。

不怕千日密，只愁一事疏。誠了再無疏處，小人掩著，徒勞爾心矣。譬之于物，一毫欠缺，久則自有欠缺承當時。譬之于身，一毫虚弱，久則自有虚弱承當時。

置其身于是非之外，而後可以折是非之中；置其身于利害之外，而後可以觀利害之變。

余觀察晋中，每升堂，首領官凡四人，先揖堂官，次分班對揖，將退，則余揖手，四人又一躬而行。一日三人者以公出，一人在堂，偶忘對班之無人，又忽揖下，起愧不可言，群吏忍口而笑。余揖手謂之曰：『有事不妨先退。』揖者退，其色頓平。昔余令大同日，縣丞到任，余讓筆揖手，丞他顧而失瞻，余面責薄吏曰：『奈何不以禮告新官？』丞愧謝，終公宴不解容。余甚悔之。偶此舉能掩人過，可補前失矣，因識之以充忠厚之端云。

善用人底是個人都用得，不善用人底是個人用不得。

以多惡弃人，而以小失發端，是藉弃者以口實，而自取不韙之譏也。曾有一隸，怒撻人，余杖而恕之。又竊同舍錢，又杖而恕之，且戒之曰：『汝慎，三犯不汝容矣。』一日在燕，醉而寢，余既行矣，而呼之不至，既至托疾，實醉也。余逐之。出語人曰：『余病不能從，遂逐我。』人曰：『某公有德器，乃以疾逐人邪？』不知余惡之也以積愆，而逐之也以小失，則余之拙也。雖然，彼藉口以自白，可爲他日更主之先容，余拙何悔？

手段不可太闊，太闊則填塞難完；頭緒不可太繁，太繁則照管不到。

得了真是非，纔論公是非，而今是非不但捉風捕影，且無風無影，不知何處生來。妄聽者遽信是實，以定是非，曰我無私也。噫！固無私矣，《采苓》止棘，暴公《巷伯》，孰爲辯之？

固可使之愧也，乃使之怨；固可使之悔也，乃使之怒；固可使之感也，乃使之恨，曉人當如是邪？

不要使人有過。

謙忍皆居尊之道，儉樸皆居富之道。故曰：卑不學恭，貧不學儉。

豪雄之氣雖正多粗，只用他一分便足濟事，那九分都多了，反以僨事矣。

君子不受人不得已之情，不苦人不敢不從之事。

教人十六字：誘掖，獎勸，提撕，警覺，涵育，薰陶，鼓舞，興作。

水激逆流，火激橫發，人激亂作，君子慎其所以激者，愧之則小人可使爲君子；激之則君子可使爲小人。

事前忍易，正事忍難；正事悔易，事後悔難。

說盡有千說，是却無兩是。故談道者必要諸一是而後精，謀事者必定于一是而後濟。

世間事各有恰好處，慎一分者得一分，忽一分者失一分，全慎全得，全忽全失。小事多忽，忽小則失大；易事多忽，忽易則失難。存心君子自得之體驗中耳。

到一處問一處風俗，果不大害，相與循之，無與相忤。果于義有妨，或不言而默默轉移，或婉言而徐徐感動。彼將不覺而同歸于我矣。若疾言厲色，是己非人，是激也，自家取禍不惜，可惜好事做不成。

事有可以義起者，不必泥守舊例；有可以獨斷者，不必觀望衆人。若舊例當，衆人是，莫非胸中道理而彼先得之者也。方喜舊例免吾勞，方喜衆見印吾是，何可别生意見以作聰明哉！此繼人之後者之所當知也。

善用明者用之于暗，善用密者用之于疏。

你説底是，我便從，我不是從你，我自從是，何私之有？你説底不是，我便不從，不是不從你，我自不從不是，何嫌之有？

日用酬酢，事事物物要合天理人情。所謂合者，如物之有底蓋，然方者不與圓者合，大者不與小者合，攲者不與正者合。覆諸其上而不廣不狹，旁視其隙而若有若無。一物有一物之合，不相苦窳；萬物各有其合，不相假借。此之謂天則，此之謂大中，此之謂天下萬事萬物各得其所。而聖人之所以從容中，賢者之所以精一求，衆人之所以醉心

夢意錯行亂施者也。

事有不當爲而爲者，固不是；有不當悔而悔者，亦不是。聖賢終始無二心，只是見得定了，做時原不錯，做後如何悔？即有凶咎，亦是做時便大揀如此。

心實不然而迹實然，人執其然之迹，我辯其不然之心，雖百口不相信也。故君子不示人以可疑之迹，不自誣其難辨之心。何者？正大之心，孚人有素，光明之行，無所掩覆也。儻有疑我者，任之而已，曉曉何爲？

大丈夫看得生死最輕，所以不肯死者，將以求死所也。死得其所，則爲善用死矣。成仁取義，死之所也，雖死賢于生也。

將祭而齊，其思慮之不齊者，不惟惡念，就是善念也是不該動底。這三日裏，時時刻刻只在那所祭者身上，更無别個想頭，故曰『精白一

心』。纔一毫雜，便不是精白；纔二，便不是一心。故君子平日無邪夢，齊日無雜夢。

彰死友之過，此是第一不仁。生而告之也，望其能改，彼及聞之也，尚能自白。死而彰之，夫何爲者？雖實過也，吾爲掩之。

爭利起于人各有欲，爭言起于人各有見。惟君子以淡泊自處，以知能讓人，胸中有無限快活處。

吃這一箸飯是何人種穫底？穿這一匹帛是何人織染底？大厦高堂如何該我住居？安車駟馬如何該我乘坐？獲飽暖之休，思作者之勞；享尊榮之樂，思供者之苦，此士大夫日夜不可忘情者也。不然，其負斯世斯民多矣。

只大公了，便是包涵天下氣象。

定、靜、安、慮、得，此五字時時有，事事有，離了此五字，便是孟

浪做。

公人易，公己難；公己易，公己于人難。公己于人易，忘人己之界而不知我之爲誰難。公人處人，能公者也。公己處己，亦公者也。至于公己于人，則不以我爲嫌，時當貴我富我，泰然處之，而不嫌于尊己；事當逸我利我，公然行之，而不嫌于厲民。非富貴我、逸利我也。我者，天下之我也。天下之名分紀綱于我乎寄，則我者名分紀綱之具也，何嫌之有？此之謂公己于人。雖然，猶未能忘其道未化也。聖人處富貴逸利之地，而忘其身，爲天下勞苦卑困，而亦忘其身，非曰我分當然也，非曰我志欲然也。譬痛者之必呻吟，樂者之必談笑，癢者之必爬搔，自然而已。譬蟬之鳴秋，鷄之啼曉，草木之榮枯，自然而已。夫如是，雖負之使灰其心，怒之使薄其意，不能也。況此分不盡，而此心少怠乎？況人情未孚，而惟人是責乎？夫是之謂忘人己之界，而不知我

之爲誰。不知我之爲誰，則亦不知人之爲誰矣。不知人我之爲誰，則六合混一而太和元氣塞于天地之間矣。必如是而後謂之仁。

纔下手便想到究竟處。

理、勢、數皆有自然，聖人不與自然鬥，先之不敢干之，從之不敢迎之，待之不敢奈之，養之不敢强之。功在凝精，不攖其鋒；妙在默成，不揭其名。夫是以理、勢、數皆爲我用而相忘于不争。噫！非善濟天下之事者不足以語此。

心一氣純，可以格天動物，天下無不成之務矣。

握其機使自息，開其竅使自噭，發其萌使自峥，提其綱使自張，此老氏之術乎？曰：非也。二帝三王御世之大法不過是也。解其所不得不動，投其所不得不好，示其所不得不避，天下固有抵死而惟吾意指者，操之有要而敁敠其心故也。化工無他術，亦只是如此。

對憂人勿樂，對哭人勿笑，對失意人勿矜。

『與禽獸奚擇哉？于禽獸又何難焉！』此是孟子大排遣。初愛敬人時，就安排這念頭，再不生氣。余因擴充排遣横逆之法，此外有十：一曰與小人處，進德之資也。彼侮愈甚，我忍愈堅，于我奚損哉！《詩》曰：『他山之石，可以攻玉。』二曰不遇小人，不足以驗我之量。《書》曰：『有容德乃大。』三曰彼横逆者至于自反而忠，猶不得免焉。其人之玩悖甚矣，一與之校，必起禍端。兵法云：『求而不得者，挑也無應。』四曰始愛敬矣，又自反而仁禮矣，又自反而忠矣，我理益直，我過益寡，其卒也乃不忍于一逞以掩舊善，而與彼分惡，智者不爲。太史公曰：『無弃前修而崇新過。』五曰是非之心，人皆有之，彼固自昧其天而責我無已，公論自明，吾亦付之不辯。古人云：『桃李無言，下自成蹊。』六曰自反無闕，彼欲難盈，安心以待之，緘口以聽之，彼計必窮。兵志曰：『不應不動，敵將自静。』七曰可避則避之，如太王之去邠；可下則下之，如韓信之胯下。古人云：『身愈詘，道愈尊。』又曰：『終身讓畔，不失一段。』八曰付之天。天道有知，知我者其天乎！《詩》曰：『投畀有昊。』九曰委之命。人生相與，或順或忤，或合或離，或疏之而親，或厚之而疑，或偶遭而解，或久構而危。魯平公將出而遇臧倉，司馬牛爲弟子而有桓魋，豈非命邪！十曰外寧必有内憂，小人侵陵則懼患防危，長慮却顧，而不敢侈然有肆心，則百禍潛消。孟子曰：『出則無敵國外患者，國恒亡。』三自反後，君子之存心猶如此。彼愛人不親、禮人不答而遽怒，與夫不愛人、不敬人而望人之愛敬己也，其去横逆，能幾何哉！

過責望人，亡身之念也。君子相與，要兩有退心，不可兩有進心。自反者，退心也。故剛兩進則碎，柔兩進則屈，萬福皆生于退反。

施者不知，受者不知，誠動于天之南，而心通于海之北，是謂神應。我意纔萌，彼意即覺，不俟出言，可以默會，是謂念應。我以目授之，彼以目受之，人皆不知，兩人獨覺，是謂不言之應。我固强之，彼固拂之，陽异而陰同，是謂不應之應。明乎此者，可以談兵矣。

卑幼有過，慎其所以責讓之者：對衆不責，愧悔不責，暮夜不責，正飲食不責，正歡慶不責，正悲憂不責，疾病不責。

舉世之議論有五：求之天理而順，即之人情而安，可揆聖賢，可質神明，而不必于天下所同，曰公論。情有所便，意有所拂，逞辯博以濟其一偏之説，曰私論。心無私曲，氣甚豪雄，不察事之虚實、勢之難易、理之可否，執一隅之見，狃時俗之習，既不正大，又不精明，蠅哄蛙嗷，通國成一家之説，而不可與聖賢平正通達之識，曰妄論。造僞投奸，譎譸詭秘，爲不根之言，播衆人之耳，千口成公，久傳成實，卒使夷、由爲蹻、跖，曰誣論。稱人之善，胸無秤尺，惑于小廉曲謹，感其煦意象恭，喜一激之義氣，悅一霎之道言，不觀大節，不較生平，不舉全體，不要永終，而遽許之，曰無識之論。嗚呼！議論之難也久矣，聽之者可弗察與？

簡靜沉默之人，發用出來不可當，故停蓄之水一決不可禦也，蟄處之物其毒不可當也，潛伏之獸一猛不可禁也。輕泄驟舉，暴雨疾風耳，智者不懼焉。

平居無事之時，則丈夫不可繩以婦人之守也；及其臨難守死，則當與貞女列婦比節。接人處衆之際，則君子未嘗示人以廉隅之迹也；及其任道徙義，則當與壯士健卒爭勇。

禍之成也必有漸，其激也奮于積。智者于其漸也絶之，于其積也消之，甚則決之。決之必須妙手，譬之瘍然，鬱而內潰，不如外決；成而後決，不如早散。

涵養不定底，惡言到耳先思馭氣，氣平再沒錯底；一不平，饒你做得是，也帶着五分過失在。

疾言遽色、厲聲怒氣，原無用處。萬事萬物只以心平氣和處之，自有妙應。余褊，每坐此失，書以自警。

嘗見一論人者云：『渠只把天下事認真做，安得不敗？』余聞之甚驚訝。竊意天下事盡認真做去還做得不像，若只在假借面目上做工夫，成甚道理？天下事只認真做了，更有甚説？何事不成？方今大病痛，正患在不肯認真做，所以大綱常、正道理無人扶持，大可傷心。嗟夫！武子之愚，所謂認真也與？

人人因循昏忽，在醉夢中過了一生，壞廢了天下多少事！惟憂勤惕勵之君子常自惺惺爽覺。

明義理易，識時勢難。明義理，腐儒可能；識時勢，非通儒不能也。識時易，識勢難。識時，見者可能；識勢，非早見者不能也。識勢而早圖之，自不至于極重，何時之足憂？

只有無迹而生疑，再無有意而能掩者，可不畏哉！

令人可畏，未有不惡之者，惡生毁。令人可親，未有不愛之者，愛生譽。

先事體怠神昏，事到手忙脚亂，事過心安意散，此事之賊也，兵家尤不利此。

善用力者，舉百鈞若一羽；善用衆者，操萬旅若一人。

没這點真情，可惜了繁文侈費；有這點真情，何嫌于二簋一掬。

百代而下，百里而外，論人只是個耳邊紙上，并迹而誣之，那能論心？嗚呼！文士尚可輕論人乎哉？此天譴鬼責所繫，慎之！

或問：『怨尤之念，底是難克，奈何？』曰：『君自來怨尤，怨尤出甚底？天之水旱爲虐，不怕人怨，死自死耳，水旱自若也。人之貪殘無厭，不怕你尤，恨自恨耳，貪殘自若也。此皆無可奈何者。今且不望君自修自責，只將這無可奈何事惱亂心腸，又添了許多痛苦，不若淡然安之，討些便宜。』其人大笑而去。

見事易，任事難。當局者只怕不能實見得，果實見得，則死生以之，榮辱以之，更管甚一家非之，一國非之，天下非之。

人事者，事由人生也；清心省事，豈不在人？

閉户于鄉鄰之鬥，雖有解紛之智，息争之力，不爲也，雖忍而不得謂之楊朱。忘家于懷襄之時，雖有室家之憂，骨肉之難，不顧也，雖勞而不得謂之墨翟。

流俗污世中真難做人，又跳脱不出，只是清而不激就好。

恩莫到無以加處，情薄易厚，愛重成隙。

欲爲便爲，空言何益？不爲便不爲，空言何益？

以至公之耳聽至私之口，舜跖易名矣；以至公之心行至私之間，黜陟易法矣。故兼聽則不蔽，精察則不眩，事可從容，不必急遽也。

某居官，厭無情者之多言，每裁抑之。蓋無厭之欲，非分之求，若以温顔接之，彼懇乞無已，煩瑣不休，非嚴拒則一日之應酬幾何？及部署日看得人有不盡之情，抑不使通，亦未盡善。嘗題二語于私署云：要説底盡着都説，我不嗔你；不該從未敢輕從，你休怪我。或曰：畢竟往日是。

同途而遇，男避女，騎避步，輕避重，易避難，卑幼避尊長。

勢之所極，理之所截，聖人不得而毫髮也。故保辜以時刻分死生，名次以相鄰分得失。引繩之絶，墮瓦之碎，非必當斷當敝之處，君子不必如此區區也。

製禮法以垂萬世、繩天下者，須是時中之聖人斟酌天理人情之至而爲之，一以立極，無一毫矯拂心，無一毫懲創心，無一切心。嚴也而于人情不苦，寬也而于天則不亂，俾天下肯從而萬世相安，故曰：『禮之用，和爲貴。』『和』之一字，製禮法時，合下便有，豈不爲美？《儀禮》不知是何人製作，有近于迂闊者，有近于迫隘者，有近于矯拂者，大率是個嚴苛繁細之聖人所爲，胸中又帶個懲創矯拂心而一切之。後世以爲周公也，遂相沿而守之，畢竟不便于人情者，成了個萬世虚車。是以繁密者激人躁心，而天下皆逃于闊大簡直之中；嚴峻者激人畔心，而天下皆逃于逍遥放恣之地。甚之者，乃所驅之也。此不可一二指。余讀《禮》，蓋心不安而口不敢道者不啻百餘事也。而宋儒不察禮之情，又于節文上增一重鎖鑰，予小子何敢言？

禮無不報，不必開多事之端；怨無不酬，不可種難言之恨。

舟中失火，須思救法。

象箸夾冰丸，須要夾得起。

相嫌之敬慎，不若相忘之怒詈。

士君子之相與也，必求協諸禮義，將世俗計較一切脱盡。今世號爲知禮者全不理會聖賢本意，只是節文習熟，事體諳練，燦然可觀，人便稱之，自家欣然自得，泰然責人。嗟夫！自繁文彌尚而先王之道湮没，天下之苦相責，群相逐者，皆末世之靡文也。求之于道，十九不合，此之謂習尚。習尚壞人，如飲狂泉。

學者處事處人，先要識個禮義之中。正這個中正處，要析之無毫釐之差，處之無過不及之謬，便是聖人。

當急遽冗雜時，只不動火，則神有餘而不勞事，從容而就理。一動火，種種都不濟。

予平生處人處事，激切之病十居其九，一向在這裏克，只恁消磨不去。始知不美之質變化甚難，而况以無恒之志、不深之養，如何能變化得？若志定而養深，便是下愚也移得一半。

予平生做事發言，有一大病痛，只是個『盡』字，是以無涵蓄，不渾厚，爲終身之大戒。

凡當事，無論是非邪正，都要從容藴藉，若一不當意便忿恚而決裂之，此人終非遠器。

以激而發者，必以無激而廢，此不自涵養中來，算不得有根本底學者。涵養中人，遇當爲之事，來得不陡，若懶若遲，持得甚堅，不移不歇。彼攘臂抵掌而任天下之事，難説不是義氣，畢竟到盡頭處不全美。

天地萬物之理皆始于從容，而卒于急促。急促者盡氣也，從容者初氣也。事從容則有餘味，人從容則有餘年。

凡人應酬多不經思，一向任情做去，所以動多有悔。若心頭有一分檢點，便有一分得處，智者之忽固不若愚者之詳也。

日日行不怕千萬里，常常做不怕千萬事。

事見到無不可時便斬截做，不要留戀，兒女子之情不足以語辦大事者也。

斷之一事，原謂義所當行，却念有牽纏，事有掣礙，不得脱然爽潔，纔痛煞煞下一個『斷』字，如刀斬斧齊一般。總然只在大頭腦處成一個『是』字，第二義都放下，况兒女情、利害念，那顧得他？若待你百可意、千趁心，一些好事做不成。

先衆人而爲，後衆人而言。

在邪人前發正論，不問有心無心，此是不磨之恨。見貪者談廉道，已不堪聞；又説某官如何廉，益難堪；又説某官貪，愈益難堪；况又勸汝當廉，况又責汝如何貪，彼何以當之？或曰：當如何？曰：位在，則進退在我，行法可也。位不在，而情意相關，密諷可也。若與我無干涉，則鉗口而已。禮入門而問諱，此亦當諱者。

天下事最不可先必而豫道之，已定矣，臨時還有變更，况未定者乎？故寧有不知之名，無貽失言之悔。

舉世囂囂兢兢不得相安，只是抵死没自家不是耳。若只把自家不是都認，再替别人認一分，便是清寧世界，兩忘言矣。

人人自責自盡，不直四海無爭，彌宇宙間皆太和之氣矣。

擔當處都要個自强不息之心，受用處都要個有餘不盡之意。

只一個耐煩心，天下何事不得了？天下何人不能處？

規模先要個闊大，意思先要個安閑，古之人約己而豐人，故群下樂爲之用，而所得常倍。徐思而審處，故己不勞而事極精詳。『褊急』二字，處世之大礙也。

凡人初動一念是如此，及做出來却不是如此，事去回顧又覺不是如此，只是識見不定。聖賢纔發一念，始終如一，即有思索，不過周詳此一念耳。蓋聖賢有得于豫養，故安閑；衆人取辦于臨時，故眩惑。

處人不可任己意，要悉人之情；處事不可任己見，要悉事之理。

天下無難處之事，只消得兩個『如之何』；天下無難處之人，只消得三個『必自反』。

人情要耐心體他，體到悉處，則人可寡過，我可寡怨。

事不關係都歇過，到關係時悔之何及？事幸不敗都饒過，到敗事時懲之何益？是以君子不忽小防，其敗也不恕敗，防其再也。

人只是怕當局，當局者之十，不足以當旁觀者之五。智慮以得失而昏也，膽氣以得失而奪也，只沒了得失心，則志氣舒展。此心與旁觀者一般，何事不濟。

世道、人心、民生、國計，此是士君子四大責任。這裏都有經略，都能張主，此是士君子四大功業。

情有可通，莫于舊有者過裁抑，以生寡恩之怨；事在得已，莫于舊無者妄增設，以開多事之門。若理當革、時當興，合于事勢人情，則非所拘矣。

毅然奮有爲之志，到手來只做得五分；確然矢不爲之操，到手來只守得五分。渠非不自信，未臨事之志向雖篤，既臨事之力量不足也。故平居觀人以自省，只可信得一半。

辨天下大事，要精詳，要通變，要果斷，要執持。纔鬆軟怠弛，何异鼠頭蛇尾？除天下大奸，要顧慮，要深沉，要突卒，要潔絶，纔張皇疏慢，是攖虎欲龍鱗。

利害死生間有毅然不奪之介，此謂大執持。驚急喜怒事無卒然遽變之容，此謂真涵養。

力負邱山未足雄，地負萬山，此身還負地。量包滄海不爲大，天包四海，吾量欲包天。

天不可欺，人不可欺，何處瞞藏些子？性分當盡，職分當盡，莫教久缺分毫。

何是何非，何長何短，但看百忍之圖。不喑不瞽，不痴不聾，自取一朝之忿。

植萬古綱常，先立定自家地步；做兩間事業，先推開物我藩籬。

捱不過底事，莫如早行；悔無及之言，何似休說。苟時不苟真不苟，忙處無忙再無忙。

《謙》、六爻，畫畫皆吉；『恕』一字，處處可行。

纔逢樂處須知苦，既没閑時那有忙。

生來不敢拂吾髮，義到何妨斷此頭。

量嫌六合隘，身負五岳輕。

休買貴後賤，休逐衆人見。

難乎能忍，妙在不言。

休忙休懶，不懶不忙。

養生

夫水，遏之乃所以多之，泄之乃所以竭之，惟仁者能泄，惟智者知泄。

天地間之禍人者，莫如多；令人易多者，莫如美。美味令人多食，美色令人多欲，美聲令人多聽，美物令人多貪，美官令人多求，美室令人多居，美田令人多置，美寢令人多逸，美言令人多入，美事令人多戀，美景令人多留，美趣令人多思，皆禍媒也。不美則不令人多，不多則不令人敗。予有一室，題之曰『遠美軒』，而扁其中曰『冷淡』。非不愛美，懼禍之及也。夫魚見餌不見鈎，虎見羊不見阱，猩猩見酒不見人，非不見也，迷于所美而不暇顧也。此心一冷，則熱鬧之景不能入；一淡，則艷冶之物不能動。夫能知困窮抑鬱、貧賤坎坷之爲祥，則可與言道矣。

以肥甘愛兒女而不思其傷身，以姑息愛兒女而不恤其敗德，甚至病以死，犯大辟而不知悔者，皆婦人之仁也。噫！舉世之自愛而陷于自殺者又十人而九矣。

五閉，養德養生之道也。或問之曰：視、聽、言、動、思將不啓與？

曰：常閉而時啓之，不弛于事可矣，此之謂夷夏關。

今之養生者，餌藥、服氣、避險、辭難、慎時、寡欲，誠要法也。嵇康善養生，而其死也，却在所慮之外，乃知養德尤養生之第一要也。德在我而蹈白刃以死，何害其爲養生哉？

愚愛談醫，久則厭之。客言及者告之曰：『以寡欲爲四物，以食淡爲二陳，以清心省事爲四君子，無價之藥，不名之醫，取諸身而已。』

仁者壽，生理完也；默者壽，元氣定也；拙者壽，元神固也，反此皆夭道也。其不然，非常理耳。

盜爲男戎，色爲女戎。人皆知盜之劫殺爲可畏，而忘女戎之劫殺，悲夫！

太樸，天地之命脉也。太樸散而天地之壽夭可卜矣，故萬物蓄則造化之元精耗散。木多實者根傷，草出莖者根虛，費用廣者家貧，言行多者神竭，皆夭道也。老子受用處，盡在此中看破。

飢寒痛癢，此我獨覺，雖父母不覺也。衰老病死，此我獨當，雖妻子不能代也。自愛自全之道不自留心，將誰賴哉？

氣有爲而無知，神有知而無爲。精者無知無爲，而有知有爲之母也。精，天一也，屬水，水生氣；氣，純陽也，屬火，火生神；神，太虛也，屬無，而麗于有。精盛則氣盛，精衰則氣衰，故甑涸而不蒸。氣存則神存，氣亡則神亡，故燭盡而火滅。

氣只够喘息底，聲只够聽聞底，切莫長餘分毫，以耗無聲無臭之真體。

語云：『縱欲忘身。』『忘』之一字最宜體玩。昏不省記謂之忘，欲迷而不悟，情勝而不顧也。夜氣清明時，都一一分曉，着迷處，便思不起，沈溺者可以驚心回首矣。

在篋香韞，在几香損，在爐香燼。

書室聯：曙枕酣餘夢，旭窗閑展書。

外篇 卷四

天地

濕温生物，濕熱長物，燥熱成物，淒涼殺物，嚴寒養物。濕温，沖和之氣也；濕熱，蒸發之氣也；燥熱，燔灼之氣也；淒涼，殺氣，陰壯而陽微也；嚴寒，斂氣，陰外激而陽内培也。五氣惟嚴寒最仁。

渾厚，天之道也，是故處萬物而忘言。然不能無日月星辰以昭示之，是寓精明于渾厚之中。

精存則生神，精散則生形。太乙者，天地之神也；萬物者，天地之形也。太乙不盡而天地存，萬物不已而天地毀，人亦然。

天地只一個光明，故不言而人信。

天地不可知也，而吾知天地之所生，觀其所生，而天地之性情形體俱見之矣。是故觀子而知父母，觀器而知模範。天地者，萬物之父母而造物之模範也。

天地之氣化生于不齊而死于齊，故萬物參差，萬事雜糅，勢固然耳。天地亦主張不得。

觀七十二候者，謂物知時，非也，乃時變物耳。

天地盈虚消息是一個套子，萬物生長收藏是一副印版。

天積氣所成，自吾身以上皆天也。日月星辰去地八萬四千里，囿于積氣中，無纖隔微障、徹地光明者，天氣清甚，無分毫渣滓耳，故曰太清。不然雖薄霧輕烟，一里外有不見之物矣。

地道好生之至也，凡物之有根種者必與之生，盡物之分量，盡己之力量，不至寒凝枯敗不止也，故曰坤，稱母。

四時惟冬是天地之性，春夏秋皆天地之情，故其生萬物也，動氣多而静氣少。

萬物得天地之氣以生，有宜温者，有宜微温者，有宜太温者，有宜温而風者，有宜温而濕者，有宜温而燥者，有宜温而時風時濕者。何氣所生則宜何氣，得之則長養，失之則傷病。氣有一毫之爽，萬物陰受一毫之病，其宜凉、宜寒、宜暑，無不皆然。飛潛、動植、蠛蠓之物無不皆然，故天地位則萬物育，王道平則萬民遂。

六合中洪纖動植之物都是天出氣、地出質，熔鑄將出。都要消磨無迹，還他故物。不怕是金石，也要歸于無，蓋從無中生來，定要都歸無去。譬之一盆水，打攪起來大小浮漚以千萬計，原是假借成底，少安静時還化爲一盆水。

先天立命處是萬物自具底，天地只是個生息培養，只如草木原無個生理，天地好生，亦無如之何。

天地間萬物都是陰陽兩個共成底。其獨得于陰者見陽必避，蝸牛壁蘚之類是也；其獨得于陽者見陰必枯，夏枯草之類是也。

陰陽合時只管合，合極則離；離時只管離，離極則合。不極則不離不合，極則必離必合。

定則水，燥則火，吾心自有水火。静則寒，動則熱，吾身自有冰炭。然則天地之冰炭誰爲之？亦動静爲之。一陰生而宇宙入静，至十月閉塞而成寒；一陽生而宇宙入動，至五月薰蒸而成暑。或曰：五月陰生矣，而六月大暑。十一月陽生矣，而十二月大寒，何也？曰：陽不極則不能生陰，陰不極則不能生陽，勢窮則反也。微陰激陽，則陽不受激而愈熾；微陽激陰，則陰不受激而愈溢，氣逼則甚也。至七月、正月，則陰陽相戰，客不勝主，衰不勝旺，過去者不勝方來，故七月大火西流而金漸生水，正月析木用事而水漸生火。蓋陰陽之氣續接非直接，直接則絶。父母死而子始生，有是理乎？漸至非驟至，驟至則激，五穀種而能即熟，有是理乎？二氣萬古長存，萬物四時咸遂，皆續與漸爲之也。惟續故不已，惟漸故無迹。

既有個陰氣，必有聚結，故爲月；既有個陽氣，必有精華，故爲日。晦是月之體，本是純陰無光之物，其光也映日得之，客也，非主也。

天地原無晝夜，日出而成晝，日入而成夜。星常在天，日出而不顯其光，日入乃顯耳。古人云：『星從日生。』細看來，星不借日之光以爲光。嘉靖壬寅日食，既滿天有星，當是時日且無光，安能生星之光乎？

水靜柔而動剛，金動柔而靜剛，木生柔而死剛，火生剛而死柔。土有剛有柔不剛不柔，故金、木、水、火皆從鐘焉，得中故也，天地之全氣也。

噓氣自內而之外也，吸氣自外而之內也。天地之初，噓爲春，噓盡

爲夏，故萬物隨噓而生長。天地之初，吸爲秋，吸盡爲冬，故萬物隨吸而收藏。噓者上升，陽氣也，陽主發；吸者下降，陰氣也，陰主成。噓氣溫，故爲春夏。吸氣寒，故爲秋冬。一噓一吸，自開闢以來，至混沌之後，只這一絲氣，有毫髮斷處，萬物滅，天地毀。萬物，天地之子也，一氣生死，無不肖之。

風惟知其吹拂而已，雨惟知其淋漓而已，霜雪惟知其嚴凝而已，水惟知其流行而已，火惟知其燔灼而已。不足則屏息而各藏其用，有餘則猖狂而各恣其性，卒然而感則强者勝，若兩軍交戰，相下而後已。是故久陰則權在雨而日月難爲明，久旱則權在風而雲雨難爲澤，以至水火霜雪莫不皆然。誰爲之？曰：陰陽爲之。陰陽誰爲之？曰：自然爲之。

陰陽徵應，自漢儒穿鑿附會，以爲某灾祥應某政事，最迂。大抵和

氣致祥，戾氣致妖，與作善降祥，作惡降殃，道理原是如此。故聖人只説人事，只盡道理，應不應、在我不在我都不管。若求一一徵應，如鼓答桴，堯、舜其猶病矣。大段氣數有一定的，有偶然的，天地不能違，天地亦順之而已。旱而雩，水而禜，彗孛而禳，火而祓，日月食而救，君子畏天威謹天戒當如是爾。若云隨禱輒應，則日月盈虧豈繫于救不救之間哉？大抵陰陽之氣，一偏必極，勢極必反。陰陽乖戾而分，故孤陽亢而不下陰則旱無其極。陽極必生陰，故久而雨。陰陽和合而留，故淫，陰升而不捨陽則雨無其極。陰極必生陽，故久而晴。草木一衰不至遽茂，一茂不至遽衰。夫婦朋友失好不能遽合，合不至遽乖。天道、物理、人情自然如此，是一定的。星隕、地震、山崩、雨血、火見、河清，此是偶然底。吉凶先見，自非常理。故臣子以修德望君，不必以灾异恐之。若因灾而懼，固可修德。一有祥瑞，使可謂德已足而罷修乎？乃若

至德回天，灾祥立應，桑穀枯、彗星退、冤獄釋而驟雨，忠心白而反風，亦間有之，但曰必然事，吾不能確確然信也。

氣化無一息之停，不屬進就屬退。動植之物，其氣機亦無一息之停，不屬生就屬死，再無不進不退而止之理。

形生于氣，氣化没有底，天地定然没有。天地没有底，萬物定然没有。

生氣醇濃混濁，殺氣清爽澄澈；生氣牽戀優柔，殺氣果決脆斷；生氣寬平温厚，殺氣峻隘凉薄。故春氣絪緼，萬物以生；夏氣薰蒸，萬物以長；秋氣嚴肅，萬物以入；冬氣閉藏，萬物以亡。

一呼一吸，不得分毫有餘，不得分毫不足，不得連呼，不得連吸，不得一呼無吸，不得一吸無呼，此盈虛之自然也。

水，質也，以萬物爲用；火，氣也，以萬物爲體。及其化也，同歸于

無迹。水性徐，火性疾，故水之入物也，因火而疾。水有定氣，故火附剛則剛，附柔則柔，水則入柔不入剛也。

陽不能藏，陰不能顯。纔有藏處，便是陽中之陰；纔有顯處，便是陰中之陽。

水能實虛，火能虛實。

乾坤是毁底，故開闢後必有混沌，所以主宰乾坤是不毁底，故混沌還成開闢。主宰者何？元氣是已。元氣亘萬億歲年終不磨滅，是形化氣化之祖也。

天地全不張主，任陰陽；陰陽全不擺布，任自然。世之人趨避祈禳，徒自苦耳。其奪自然者，惟至誠。

天地發萬物之氣，到無外處止；收斂之氣，到無内處止。不至而止者，非本氣不足，則客氣相奪也。

静生動長，動消静息。息則生，生則長，長則消，消則息。

萬物生于陰陽，死于陰陽。陰陽于萬物原不相干，任其自然而已。雨非欲潤物，旱非欲熯物，風非欲撓物，雷非欲震物。陰陽任其氣之自然，而萬物因之以生死耳。《易》稱『鼓之以雷霆，潤之以風雨』，另是一種道理。不然，是天地有心而成化也。若有心成化，則寒暑灾祥得其正乃見天心矣。

天極從容，故三百六十日爲一噓吸；極次第，故温暑凉寒不驀越而雜至；極精明，故晝有容光之照而夜有月星；極平常，寒暑旦夜生長收藏萬古如斯而無新奇之調；極含蓄，并包萬象而不見其滿塞；極沈默，無所不分明而無一言；極精細，色色象象條分縷析而不厭其繁；極周匝，疏而不漏；極凝定，風雲雷雨變態于胸中、悲歡叫號怨德于地下而不惡其擾；極通變，普物因材，不可執爲定局；極自然，任陰陽氣數理勢之所極所生而已不與；極堅耐，萬古不易而無欲速求進之心、消磨曲折之患；極勤敏，無一息之停；極聰明，亘古今無一人一事能欺罔之者；極老成，有虧欠而不隱藏；極知足，滿必損、盛必衰；極仁慈，雨露霜雪無非生物之心；極正直，始終計量，未嘗養人之奸、容人之惡；極公平，抑高舉下，貧富貴賤一視同仁；極簡易，無瑣屑曲局示人以繁難；極雅淡，青蒼自若更無炫飾；極靈爽，精誠所至，有感必通；極謙虛，四時之氣常下交；極正大，擅六合之恩威而不自有；極誠實，無一毫僞妄心虛假事；極有信，萬物皆任之而不疑。故人當法天。人，天所生也，如之者存，反之者亡，本其氣而失之也。

春夏後，看萬物繁華，造化有多少淫巧，多少發揮，多少張大。元氣安得不斫喪，機緘安得不窮盡？此所以虛損之極成否塞，成混沌也。

形者，氣之橐囊也；氣者，形之綫索也。無形，則氣無所憑藉以生；無氣，則形無所鼓舞以爲生。形須臾不可無氣，氣無形則萬古依然在宇宙間也。

要知道雷霆霜雪都是太和。

濁氣醇，清氣漓；濁氣厚，清氣薄；濁氣同，清氣分；濁氣温，清氣寒；濁氣柔，清氣剛；濁氣陰，清氣陽；濁氣豐，清氣嗇；濁氣甘，清氣苦；濁氣喜，清氣惡；濁氣榮，清氣枯；濁氣融，清氣孤；濁氣生，清氣殺。

『一陰一陽之謂道』，二陰二陽之謂駁。陰多陽少、陽多陰少之謂偏。有陰無陽、有陽無陰之謂孤。一陰一陽，乾坤兩卦，不二不雜，純粹以精，此天地中和之氣，天地至善也。是道也，上帝降衷，君子衷之，是故繼之即善，成之爲性，更無偏駁，不假修爲，是一陰一陽屬之君子之身矣，故曰『君子之道』。『仁者見之謂之仁，智者見之謂之智』，此之謂偏。『百姓日用而不知』，此之謂駁。至于孤氣所生，大乖常理。孤陰之善，慈悲如母，惡則險毒如虺。孤陽之善，嫉惡如仇，惡則凶横如虎。此篇夫子論性純以善者言之，與『性相近』也稍稍不同。

天地萬物，只是一個漸，故能成，故能久。所以成物悠者，漸之象也。久者，漸之積也。天地萬物不能頓也，而況于人乎？故悟能頓，成不能頓。

盛德莫如地，萬物于地，惡道無以加矣。聽其所爲而莫之撼也，負荷生成而莫之厭也。故君子卑法地，樂莫大焉。

日正午，月正圓，一呼吸間耳。呼吸之前，未午未圓；呼吸之後，午過圓過。善觀中者，此亦足觀矣。

中和之氣，萬物之所由以立命者也，故無所不宜。偏盛之氣，萬物之所由以盛衰者也，故有宜有不宜。

禄位名壽、康寧順適、子孫賢達，此天福人之大權也，然嘗輕以與人。所最靳而不輕以與人者，惟名。福善禍淫之言，至名而始信，大聖得大名。其次得名，視德無分毫爽者。惡亦然。禄位壽康在一身，名在天下；禄位壽康在一時，名在萬世。其惡者備有百福，惡名愈著；善者備嘗艱苦，善譽日彰。桀、紂、幽、厲之名，孝子慈孫百世不能改，此固天道報應之微權也。天之以百福予人者，恃有此耳。彼天下萬世之所以仰慕欽承疾惡笑罵，其禍福固不小也。

以理言之，則當然者謂之天，命有德討有罪，奉三尺無私是已。以命言之，則自然者謂之天，莫之爲而爲，莫之致而至，定于有生之初是已。以數言之，則偶然者謂之天，會逢其適，偶值其際是已。

造物之氣有十：有中氣，有純氣，有雜氣，有戾氣，有似氣，有大氣，有細氣，有閑氣，有變氣，有常氣，皆不外于五行。中氣，五行均調，精粹之氣也，人鍾之而爲堯、舜、禹、文、武、周、孔，物得之而爲麟鳳之類是也。純氣，五行各俱純一之氣也，人得之而爲伯夷、伊尹、柳下惠，物得之而爲龍虎之類是也。雜氣，五行交亂之氣也。戾氣，五行粗惡之氣也。似氣，五行假借之氣也。大氣，旁薄渾淪之氣也。細氣，纖蒙浮渺之氣也。閑氣，積久充溢會合之氣也。變氣，偶爾遭逢之氣也。常氣，流行一定之氣也。萬物各有所受以爲生，萬物各有所屬以爲類，萬物不自由也，惟有學問之功變九氣以歸中氣。

火性發揚，水性流動，木性條暢，金性堅剛，土性重厚，其生物也亦然。

太和在我，則天地在我，何動不臧？何往不得？

彌六合皆動氣之所爲也，靜氣一粒伏在九地之下以胎之。故動者，靜之死鄉；靜者，動之生門。無靜不生，無動不死。靜者常施，動者不還。發大造之生氣者，動也；耗大造之生氣者，亦動也。聖人主靜以涵元理，道家主靜以留元氣。

萬物發生，皆是流于既溢之餘，萬物收斂，皆是勞于既極之後。天地一歲一呼吸，而萬物隨之。

天地萬物到頭來皆歸于母，故水、火、金、木有盡而土不盡，何者？水、火、金、木，氣盡于天，質盡于地，而土無可盡。故真氣無歸，真形無藏，萬古不可磨滅，滅了更無開闢之時。所謂混沌者，真氣與真形不分也，形氣混而生天地，形氣分而生萬物。

天欲大小人之惡，必使其惡常得志。彼小人者，惟恐其惡之不遂也，故貪天禍以至于亡。

自然謂之天，當然謂之天，不得不然謂之天。陽亢必旱，久旱必陰，久陰必雨，久雨必晴，此之謂自然。君尊臣卑，父坐子立，夫唱婦隨，兄友弟恭，此之謂當然。小役大，弱役强，貧役富，賤役貴，此之謂不得不然。

心就是天，欺心便是欺天，事心便是事天，更不須向蒼蒼上面討。

天者，未定之命；命者，已定之天。天者，大家之命；命者，各物之天。命定而吉凶禍福隨之也，由不得天，天亦再不照管。

天地萬物只是一氣聚散，更無別個。形者氣所附，以爲凝結；氣者形所托，以爲運動。無氣則形不存，無形則氣不住。

天地既生人物，則人物各具一天地，天地之天地由得天地，人物之天地由不得天地。人各任其氣質之天地至于無涯，梏其降衷之天地幾于澌盡，天地亦無如之何也已。其吉凶禍福率由自造，天何尤乎而怨之？

吾人渾是一天，故日用起居食息，念念時時事事，便當以天自處。

朱子云：『天者，理也。』余曰：『理者，天也。』

有在天之天，有在人之天。有在天之先天，太極是已；有在天之後天，陰陽五行是已；有在人之先天，元氣元理是已；有在人之後天，血氣心知是已。

問：天地開闢之初，其狀何似？曰：未易形容。因指齋前盆沼，令滿貯帶沙水一盆，投以瓦礫數小塊，雜穀豆升許，令人攪水渾濁，曰：此是渾沌未分之狀。待三日後再來看開闢。至日而濁者清矣。輕清上浮，曰：此是天開于子。沉底渾泥，此是地闢于丑。中間瓦礫出露，此是山陵。是時穀豆芽生，月餘而水中小蟲浮沉奔逐，此是人與萬物生于寅。徹底是水，天包乎地之象也。地從上下，故山上銳而下廣，象量穀堆也。氣化日繁華，日廣侈，日消耗，萬物毀而生機微，天地雖不毀，至亥而又成混沌之世矣。

雪非薰蒸之化也，天氣上升，地氣下降，是乾涸世界矣。然陰陽之氣不交則絕，故有留滯之餘。陰始生之，嫩陽往來交結，久久不散，而迫于嚴寒，遂爲雪、爲霰。白者，少陰之色也，水之母也。盛則爲雪，微則爲霜。冬月片瓦半磚之下著濕地皆有霜，陰氣所呵也，土乾則否。

兩間氣化，總是一副大蒸籠。

天地之于萬物，因之而已，分毫不與焉。

世界雖大，容得千萬人忍讓，容不得一兩個縱橫。

天地之于萬物原是一貫。

輕清之氣爲霜露，濃濁之氣爲雲雨。春雨少者，熏蒸之氣未濃也。春多雨則泄夏之氣，而夏雨必少，夏多雨者，薰蒸之氣有餘也。夏少雨則積氣之餘，而秋雨必多，此謂氣之常耳。至于霪潦之年，必有亢陽之年，則數年總計也。蜀中之漏天，四時多雨；雲中之高地，四時多旱；吳下之水鄉，黃梅之雨爲多，則四方互計也。總之，一個陰陽，一般分數，先有餘則後不足，此有餘則彼不足，均則各足，是謂太和，太和之歲，九有皆豐。

冬者，萬物之夜，所以待勞倦養精神者也。春生、夏長、秋成，而不培養之以冬，則萬物之滅久矣。是知大冬嚴寒，所以仁萬物也。愈嚴凝則愈收斂，愈收斂則愈精神，愈精神則生發之氣愈條暢。譬之人須要安歇，今夜能熟睡，則明日必精神。故曰：冬者萬物之所以歸命也。

世運

勢之所在，天地聖人不能違也。勢來時即摧之未必遽壞，勢去時即挽之未必能回。然而聖人每與勢忤而不肯甘心從之者，人事宜然也。

世人賤老，而聖王尊之；世人棄愚，而君子取之；世人耻貧，而高士清之；世人厭淡，而智者味之；世人惡冷，而幽人寶之；世人薄素，而有道者尚之。悲夫！世之人難與言矣。

壞世教者，不是宦官宮妾，不是農工商賈，不是衙門市井，不是夷狄。

古昔盛時，民自飽暖之外無過求，自利用之外無异好，安身家之便而不恣耳目之欲。家無奇貨，人無玩物。餘珠玉于山澤而不知寶，贏繭絲于箱篋而不知綉。偶行于途而知貴賤之等，創見于席而知隆殺之理。農于桑麻之外無异聞，士于禮義之外無羡談，公卿大夫于勸課訓迪之外無簿書。知官之貴，而不知爲民之難，知貧之可憂而不知人富之可嫉。夜行不以兵，遠行不以糇。施人者非欲其我德，施于人者不疑其欲我之德。欣欣渾渾，其時之春乎，其物之胚蘖乎？吁！可想也已。

伏羲以前是一截世道，其治任之而已，已無所與也。五帝是一截世道，其治安之而已，不擾民也。三王是一截世道，其治正之而已，不使縱也。秦以後是一截世道，其治劫之而已，愚之而已，不以德也。

世界一般是唐虞時世界，黎民一般是唐虞時黎民，而治不古若，非氣化之罪也。

終極與始接，困極與亨接。

三皇是道德世界，五帝是仁義世界，三王是禮義世界，春秋是威力世界，戰國是智巧世界，漢以後是勢利世界。

士鮮衣美食、浮談怪説、玩日遨時，而以農工爲村鄙；女傅粉簪花、治容學態、袖手樂游，而以勤儉爲羞辱；官盛從豐供、繁文縟節、奔逐世態，而以教養爲迂腐，世道可爲傷心矣。

喜殺人是泰，愁殺人也是泰。泰之人昏惰侈肆，泰之事廢墜寬罷，泰之風紛華驕蹇。泰之前如上水之篙，泰之世如高竿之頂，泰之後如下坂之車。故否可以致泰，泰必至于否。故聖人憂泰不憂否，否易振，泰難持。

世之衰也，卑幼賤微氣高志肆而無上，子弟不知有父母，婦不知有舅姑，後進不知有先達，士民不知有官師，郎署不知有公卿，偏裨軍士不知有主帥，目空空而氣勃勃，耻于分義而敢于陵駕。嗚呼！世道至此，未有不亂不亡者也。

節文度數，聖人之所以防肆也。僞禮文不如真愛敬，真簡率不如僞禮文。僞禮文猶足以成體，真簡率每至于逾閑；僞禮文流而爲象恭滔天，真簡率流而爲禮法掃地。七賢八達，簡率之極也，舉世牛馬而晋因以亡。近世士風崇尚簡率，蕩然無檢，嗟嗟！吾莫知所終矣。

天下之勢，頓可爲也，漸不可爲也。頓之來也驟，驟多無根；漸之來也深，深則難撼。頓著力在終，漸著力在始。

造物有涯而人情無涯，以有涯足無涯，勢必争，故人人知足則天下有餘。造物有定而人心無定，以無定撼有定，勢必敗，故人人安分則天下無事。

天地有真氣，有似氣，故有鳳凰則有昭明，有粟穀則有稂莠，兔葵似葵，燕麥似麥，野菽似菽，槐藍似槐之類。人亦然，皆似氣之所鍾也。

六合是個情世界，萬物生于情死于情。至人無情，聖人調情，君子制情，小人縱情。

變民風易，變士風難；變士風易，變仕風難。仕風變，天下治矣。

古之居官也，在下民身上做工夫；今之居官也，在上官眼底做工夫。古之居官也尚正直，今之居官也尚穀阿。

任俠氣質皆賢者也，使入聖賢繩墨，皆光明俊偉之人。世教不明，紀法陵替，使此輩成此等氣習，誰之罪哉！

世界畢竟是吾儒世界，雖二氏之教雜出其間，而紀綱法度、教化風俗，都是二帝三王一派家數。即百家并出，只要主僕分明，所謂元氣充實，即風寒入肌，瘡瘍在身，終非危症也。

一種不萌芽，六塵不締構，何須度萬衆成羅漢三千？九邊無夷狄，四海無奸雄，只宜銷五兵鑄金人十二。

聖賢

孔子是五行造身，兩儀成性。其餘聖人，得金氣多者則剛明果斷，得木氣多者則樸素質直，得火氣多者則發揚奮迅，得水氣多者則明徹圓融，得土氣多者則鎮靜渾厚，得陽氣多者則光明軒豁，得陰氣多者則沈默精細。氣質既有所限，雖造其極，終是一偏底聖人。此七子者，共事多不相合，共言多不相入，所同者大根本、大節目耳。

孔顔窮居，不害其爲仁覆天下，何則？仁覆天下之具在我，而仁覆天下之心未嘗一日忘也。

聖人不落氣質，賢人不渾厚便直方，便著了氣質色相。聖人不帶風土，賢人生燕趙則慷慨，生吴越則寬柔，就染了風土氣習。

性之聖人，只是個與理相忘，與道爲體，不待思維，横行直撞，恰與時中吻合。反之聖人常常小心，循規蹈矩，前望後顧，纔執得中字，稍放鬆便有過不及之差，是以希聖君子心上無一時任情恣意處。

聖人一，聖人全，一則獨詣其極，全則各臻其妙。惜哉！至人有聖人之功而無聖人之全者，囿于見也。

所貴乎剛者，貴其能勝己也，非以其能勝人也。子路不勝其好勇之私，是爲勇字所伏，終不成個剛者。聖門稱剛者誰？吾以爲恂恂之顏子，其次魯鈍之曾子而已，餘無聞也。

天下古今一條大路，曰大中至正，是天造地設底。這個路上古今不多幾人走，曰堯、舜、禹、湯、文、武、周、孔、顏、曾、思、孟，其餘識得底，周、程、張、朱，雖走不到盡頭，畢竟是這路上人。將這個路來比較古今人，雖伯夷、伊、惠，也是异端，更那説那佛、老、楊、墨、陰陽、術數諸家。若論個分曉，伯夷、伊、惠是旁行底，佛、老、楊、墨是斜行底，陰陽、星數是歧行底，本原處都從正路起，却念頭一差走下路去，愈遠愈謬。所以説异端，言本原不异，而發端异也。何也？佛之虛無，是吾道中寂然不動差去；老之無爲，是吾道中守約施博差去；爲我，是吾道中正靜自守差去；兼愛，是吾道中萬物一體差去；陰陽家，是吾道中敬授人時差去；術數家，是吾道中至誠前知差去。看來大路上人，時爲佛，時爲老，時爲楊，時爲墨，時爲陰陽術數，是合數家之所長。岔路上人，佛是佛，老是老，楊是楊，墨是墨，陰陽術數是陰陽術數，殊失聖人之初意。譬之五味不適均，不可以專用也；四時不錯行，不可以專令也。

聖人之道不奇，纔奇便是賢者。

戰國是個慘酷底氣運，巧僞底世道。君非富强之術不講，臣非功利之策不行。六合正氣獨鍾在孟子身上，故在當時疾世太嚴，憂民甚切。

『清』『任』和『時』，是孟子與四聖人議定底謚法。『祖術堯舜，憲章文武，上律天時，下襲水土』，是子思作仲尼底贊語。

聖賢養得天所賦之理完，仙家養得天所賦之氣完，然出陽脱殼，仙家未嘗不死，特留得此氣常存。性盡道全，聖賢未嘗不死，只是爲此理常存。若修短存亡，則又繫乎氣質之厚薄，聖賢不計也。

賢人之言視聖人未免有病，此其大較耳。可怪俗儒見説是聖人語，便回護其短而推類以求通；見説是賢人之言，便洗索其疵而深文以求過。設有附會者從而欺之，則陽虎、優孟皆失其真而不免徇名得象之譏矣。是故儒者要認理，理之所在，雖狂夫之言不异于聖人，聖人豈無出于一時之感而不可爲當然不易之訓者哉？

堯、舜功業如此之大，道德如此之全，孔子稱贊不啻口出。在堯、舜心上有多少缺然不滿足處！道，原體不盡；心，原趁不滿；勢分不可强；力量不可勉，聖人怎放得下？是以聖人身囿于勢分力量之中，心長于勢分力量之外，纔覺足了，便不是堯、舜。

伊尹看天下人無一個不是可憐底，伯夷看天下人無一個不是可惡底，柳下惠看天下人無一個不是可與底。

浩然之氣，孔子非無，但用底妙耳。孟子一生受用全是這兩字。我嘗云孟子是浩然之氣，孔子是渾然之氣。渾然是浩然底歸宿，浩然是渾然底作用，惜也孟子未能到渾然耳。

聖學專責人事，專言實理。

二女試舜，所謂書不可盡信也。且莫説玄德升聞，四岳共薦，以聖人遇聖人，一見而人品可定，一語而心理相符，又何須試？即帝艱知人，還須一試，假若舜不能諧二女，將若之何？是堯輕視骨肉，以二女爲市貨也，有是哉！

自古功業，惟孔孟最大且久。時雍風動，今日百姓也没受用處，賴孔孟與之發揮，而堯、舜之業至今在。

堯、舜、周、孔之道，如九達之衢，無所不通。如代明之日月，無所不照。其餘有所明必有所昏，夷、尹、柳下惠昏于清、任、和，佛氏昏于寂，老氏昏于嗇，楊氏昏于義，墨氏昏于仁，管、商昏于法。其心有所向也，譬之鶻鵃知南；其心有所厭也，譬之盍旦惡夜。豈不純然成一家人物？竟是偏氣。

堯、舜、禹、文、周、孔，振古聖人，無一毫偏倚。然五行所鍾，各有所厚，畢竟各人有各人氣質。堯敦大之氣多，舜精明之氣多，禹收斂之氣多，文王柔嘉之氣多，周公文爲之氣多，孔子莊嚴之氣多，熟讀經史自見。若説『天縱聖人』，如太和元氣流行，略不沾著一些四時之氣，純是德性用事，不落一毫氣質，則六聖人須索一個氣象，無毫髮不同方是。

讀書要看聖人氣象性情，《鄉黨》見孔子氣象十九。至其七情，如回非助我，牛刀割鷄，見其喜處。由之瑟，由之使門人爲臣，憮然于沮溺之對，見其怒處。喪予之慟，獲麟之泣，見其哀處。侍側言志之問，與人歌和之時，見其樂處。山梁雌雉之嘆，見其愛處。斥由之佞，答子貢『君子有惡』之語，見其惡處。周公之夢，東周之想，見其欲處。便見他發而皆中節處。

費宰之辭，長府之止，看閔子議論，全是一個機軸，便見他和悦而諍。處人論事之法，莫妙于閔子，天生底一段中平之氣。

聖人妙處在轉移人不覺。賢者以下便露圭角，費聲色做出來，只見張皇。

或問：孔孟周流，到處欲行其道，似技癢底。曰：聖賢自家看底分數真，天生出我來，抱千古帝王道術，有旋乾轉坤手段，只兀兀家居，甚是自負，所以遍行天下以求遇夫可行之君。既而天下皆無一遇，猶有九夷浮海之思，公山、佛肸之往。夫子豈真欲如此？只見吾道有起死回生之力，天下有垂死欲生之民，必得君而後術可施也。譬之他人孺子入井，與己無干，既在井畔，又知救法，豈忍袖手？

明道答安石能使愧屈，伊川答子由遂激成三黨，可以觀二公所得。

休作世上另一種人，形一世之短。聖人也只是與人一般，纔使人覺异樣，便不是聖人。

平生不作圓軟態，此是丈夫。能軟而不失剛方之氣，此是大丈夫，聖賢之所以分也。

聖人于萬事也，以無定體爲定體，以無定用爲定用，以無定見爲定見，以無定守爲定守。賢人有定體，有定用，有定見，有定守。故聖人爲從心所欲，賢人爲立身行己自有法度。

聖賢之私書，可與天下人見；密事，可與天下人知；不意之言，可與天下人聞；暗室之中，可與天下人窺。

好問好察時著一『我』字不得，此之謂能忘；執兩端時著一『人』字不得，此之謂能定；欲見之施行略無人己之嫌，此之謂能化。

無過之外更無聖人，無病之外更無好人。賢智者于無過之外求奇，此道之賊也。

積愛所移，雖至惡不能怒，狃于愛故也。積惡所習，雖至感莫能回，狃于惡故也。惟聖人之用情不狃。

聖人有功于天地，只是『人事』二字。其盡人事也，不言天命，非不知回天無力，人事當然，成敗不暇計也。

或問：狂者動稱古人，而行不掩言，無乃行不顧言乎？孔子奚取焉？曰：此與行不顧言者人品懸絶，譬之于射，立拱把于百步之外，九矢參連，此養由基能事也。孱夫拙射，引弦之初，亦望拱把而從事焉，即發，不出十步之遠，中不近方丈之鵠，何害其爲志士？又安知日關弓，月抽矢，白首終身，有不爲由基者乎？是故學者貴有志，聖人取有志。

狷者言尺行尺，見寸守寸，孔子以爲次者，取其守之確而恨其志之隘也。今人安于凡陋，惡彼激昂，一切以行不顧言沮之，又甚者以言是行非謗之，不知聖人豈有一蹴可至之理？希聖人豈有一朝徑頓之術？只有有志而廢于半途，未有無志而能行跬步者。或曰：不言而躬行何如？曰：此上智也。中人以下須要講求博學、審問、明辨，與同志之人相砥礪奮發，皆所以講求之也，安得不言？若行不顧言，則言如此，而行如彼，口古人，而心衰世，豈得與狂者同日語哉！

君子立身行己自有法度，此有道之言也。但法度自堯、舜、禹、湯、文、武、周、孔以來只有一個，譬如律令，一般天下古今所共守者。若家自爲律，人自爲令，則爲伯夷、伊尹、柳下惠之法度。故以道爲法度者，時中之聖；以氣質爲法度者，一偏之聖。

聖人是物來順應，衆人也是物來順應。聖人之順應也，從廓然大

公來，故言之應人如響，而吻合乎當言之理；行之應物也，如取諸宮中，而吻合乎當行之理。衆人之順應也，從任情信意來，故言之應人也，好莠自口，而鮮與理合；事之應物也，可否惟欲，而鮮與理合。君子則不然，其不能順應也，不敢以順應也。議之而後言，言猶恐尤也；擬之而後動，動猶恐悔也。却從存養省察來。噫！今之物來順應者，人人是也，果聖人乎？可哀也已！

聖人與衆人一般，只是盡得衆人底道理；其不同者，乃衆人自异于聖人也。

天道以無常爲常，以無爲爲爲。聖人以無心爲心，以無事爲事。

萬物之情，各求自遂者也。惟聖人之心，則欲遂萬物而忘自遂。

爲宇宙完人甚難，自初生以至屬纊，徹頭徹尾無些子破綻尤難，恐亘古以來不多幾人。其餘聖人都是半截人，前面破綻後來修補，比

至終年晚歲，纔得乾净，成就了一個好人，還天付本來面目，故曰湯、武反之也。曰反，則未反之前便有許多欠缺處。今人有過便甘自弃，以爲不可復入聖人境域，不知盜賊也許改過從善，何害其爲有過哉？只看歸宿處成個甚人，以前都饒得過。

聖人低昂氣化，挽回事勢，如調劑氣血，損其侈不益其强，補其虚不甚其弱，要歸于平而已。不平則偏，偏則病，大偏則大病，小偏則小病。聖人雖欲不平，不可得也。

聖人絶四，不惟纖塵微障無處著脚，即萬理亦無作用處，所謂順萬事而無情也。

聖人胸中萬理渾然，寂時則如懸衡鑒，感之則若决江河，未有無故自發一善念。善念之發，胸中不純善之故也。故惟有旦晝之梏亡，然後有夜氣之清明。聖人無時不夜氣，是以胸中無無，故自見光景。

法令所行，可以使土偶奔趨；惠澤所浸，可以使枯木萌蘖；教化所孚，可以使鳥獸伏馴；精神所極，可以使鬼神感格，吾必以爲聖人矣。

參贊化育底聖人，雖在人類中，其實是個活天，吾嘗謂之人天。

聖人不强人以太難，只是撥轉他一點自然底肯心。

孔子只是一個通，通外更無孔子。

聖人不隨氣運走，不隨風俗走，不隨氣質走。

聖人平天下不是夷山塡海，高一寸還他一寸，低一分還他一分。

『聖而不可知之之謂神』，不可知，可知之祖也。無不可知做可知不出，無可知則不可知何所附屬？

只爲多了這知覺，便生出許多情緣，添了許多苦惱。落花飛絮豈無死生？他只恁委和委順而已。或曰：聖學當如是乎？曰：富貴貧賤、壽夭寵辱，聖人未嘗不落花飛絮之耳，雖有知覺心，不爲知覺苦。

聖人心上再無分毫不自在處。内省不疚，既無憂懼；外至之患，又不怨尤。只是一段不釋然，却是畏天命悲人窮也。

定静安慮，聖人無一刻不如此。或曰：喜怒哀樂到面前何如？曰：只恁喜怒哀樂，定静安慮，胸次無分毫加損。

有相予者，謂面上部位多貴，處處指之。予曰：所憂不在此也。汝相予一心要包藏得天下理，相予兩肩要擔當得天下事，相予兩脚要踏得萬事定，雖不貴，予奚憂？不然，予有愧于面也。

物之入物者染物，入于物者染于物，惟聖人無所入，萬物亦不得而入之。惟無所入，故無所不入；惟不爲物入，故物亦不得而離之。

人于吃飯穿衣，不曾説我當然不得不然，至于五常百行，却説是當然不得不然，又竟不能然。

孔子七十而後從心，六十九歲未敢從也。衆人一生只是從心，從心安得好？聖學戰戰兢兢只是降伏一個『從』字，不曰『戒慎恐懼』，則曰『憂勤惕厲』，防其從也。豈無樂時，樂也只是樂天。衆人之樂則异是矣。任意若不離道，聖賢性不與人殊，何苦若此？

日之于萬形也，鑒之于萬象也，風之于萬籟也，尺度權衡之于輕重長短也，聖人之于萬事萬物也，因其本然，付以自然，分毫我無所與焉，然後感者常平，應者常逸。喜亦天，怒亦天，而吾心之天如故也。萬感劻勷，衆動轇轕，而吾心之天如故也。

平生無一事可瞞人，此是大快樂。

堯、舜雖是生知安行，然堯、舜自有堯、舜工夫學問。但聰明睿智千百衆人，豈能不資見聞、不待思索？朱文公云：『聖人生知安行，更無積累之漸。』聖人有聖人底積累，豈儒者所能測識哉！

聖人不矯。

聖人一無所昏。

孟子謂文王取之而燕民不悦則勿取，雖非文王之心，最看得時勢定。文王非利天下而取之，亦非惡富貴而逃之，順天命之予奪，聽人心之向背，而我不與焉。當是時，三分天下纔有其二，即武王亦動手不得。若三分天下有其三，即文王亦束手不得。《酌》之詩曰：『遵養時晦，時純熙矣，是用大介。』天命人心，一毫假借不得。商家根深蒂固，須要失天命人心到極處；周家積功累仁，須要收天命人心到極處。然後得失界限决絶潔净，無一毫粘帶，如瓜熟自落，栗熟自墜，不待剥摘之力。且莫道文王時動得手，即到武王時，紂又失了幾年人心，武王又收了幾年人心。《牧誓》、《武成》取得何等費唇舌，《多士》、《多方》守

得何等耽驚怕，則武王者生摘勁剥之所致也。又譬之瘡落痂、鷄出卵，爭一刻不得。若文王到武王時定不犯手，或讓位微、箕，爲南河、陽城之避，徐觀天命人心之所屬，屬我我不却之使去，不屬我我不招之使來，安心定志，任其自去來耳。此文王之所以爲至德。使安受二分之歸，不惟至德有損，若紂發兵而問，叛人即不勝，文王將何辭？雖萬萬出文王下者亦不敢安受商之叛國也。用是見文王仁熟智精，所以爲宣哲之聖也。

湯禱桑林，以身爲栖，此史氏之妄也。按湯世十八年旱，至二十三年禱桑林，責六事，于是旱七年矣，天乃雨。夫農事冬旱不禁三月，夏旱不禁十日，使湯待七年而後禱，則民已無孑遺矣。何以爲聖人？即湯以身禱而天不雨，將自殺與，是絶民也；將不自殺與，是要天也。湯有一身，能供幾禱？天雖享祭，寧欲食湯哉？是七年之間，歲歲有旱，

未必不禱；歲歲禱雨，未必不應。六事自責，史臣特紀其一時然耳。以人禱，斷斷乎其無也。

伯夷見冠不正，望望然去之，何不告之使正？柳下惠見袒裼裸裎，而自由與偕，何不告之使衣？故曰不夷不惠，君子居身之珍也。

亘古五帝、三王不散之精英鑄成一個孔子，餘者猶成顏、曾以下諸賢，至思、孟而天地純粹之氣索然一空矣。春秋、戰國君臣之不肖也，宜哉！後乎此者無聖人出焉，靳孔、孟諸賢之精英而未盡泄與？

周子謂：『聖可學乎？曰無欲。』愚謂聖人不能無欲，七情中合下有欲。孔子曰己欲立欲達。孟子有云：『廣土衆民，君子欲之。』天欲不可無，人欲不可有。天欲，公也；人欲，私也。周子云『聖無欲』，愚云：不如聖無私。此二字者，三氏之所以异也。

聖人没自家底見識。

對境忘情，猶分彼我，聖人可能入塵不染，則境我爲一矣。而渾然無點染，所謂『入水不溺，入火不焚』，非聖人之至者不能也。若塵爲我役，化而爲一，則天矣。

聖人學問只是人定勝天。

聖人之私，公；衆人之公，私。

聖人無夜氣。

衣錦尚絅，自是學者作用，聖人無尚。

聖王不必天而必我，我之天定而天之天隨之。

生知之聖人不長進。

學問到孔子地位纔算得個通，通之外無學問矣。

聖人嘗自視不如人，故天下無有如聖人者，非聖人之過虛也，四海之廣，兆民之衆，其一才一智未必皆出聖人下也。以聖人無所不能，豈無一毫之未至；以衆人之無所能，豈無一見之獨精。以獨精補未至，固聖人之所樂取也。此聖人之心日歉然不自滿足，日汲汲然不已于取善也。

聖人不示人以難法，其所行者，天下萬世之可能者也；其所言者，天下萬世之可知者也。非聖人貶以徇人也，聖人雖欲行其所不能，言其所不知，而不可得也。道本如是，其易知易從也。

品藻

獨處看不破，忽處看不破，勞倦時看不破，急遽倉卒時看不破，驚憂驟感時看不破，重大獨當時看不破，吾必以爲聖人。

聖人做出來都是德性，賢人做出來都是氣質，衆人做出來都是習俗，小人做出來都是私欲。

漢儒雜道，宋儒隘道。宋儒自有宋儒局面，學者若入道，且休着宋

儒橫其胸中，只讀六經、四書而體玩之，久久胸次自是不同。若看宋儒，先看濂溪、明道。

一種人難悅亦難事，只是度量褊狹，不失爲君子；一種人易事亦易悅，這是貪污軟弱，不失爲小人。

爲小人所薦者，辱也；爲君子所弃者，耻也。

小人有恁一副邪心腸，便有一段邪見識；有一段邪見識，便有一段邪議論；有一段邪議論，便引一項邪朋黨，做出一番邪舉動。其議論也，援引附會，盡成一家之言，攻之則圓轉遷就而不可破。其舉動也，借善攻善，匿惡濟惡，善爲騎墻之計。擊之則疑似牽纏而不可斷，此小人之尤而借君子之迹者也，此藉君子之名而濟小人之私者也，亡國敗家，端是斯人。若明白小人，剛戾小人，這都不足恨，所以《易》惡陰柔。陽只是一個，惟陰險伏而多端，變幻而莫測，駁雜而疑似。譬之

光天化日，黑白分明，人所共見；暗室晦夜，多少埋伏，多少類象，此陰陽之所以別也。虞廷黜陟，惟曰幽明，其以是夫？

富于道德者不矜事功，猶矜事功，道德不足也；富于心得者不矜聞見，猶矜聞見，心得不足也。文藝自多，浮薄之心也；富貴自雄，卑陋之見也。此二人者，皆可憐也，而雄富貴者更不數于丈夫行。彼其冬烘盛大之態，皆君子之所欲嘔者也，而彼且志驕意得，可鄙孰甚焉！

士君子在塵世中擺脱得開，不爲所束縛；擺脱得净，不爲所污蔑，此之謂天挺人豪。

藏名遠利，夙夜汲汲乎實行者，聖人也。爲名修，爲利勸，夙夜汲汲乎實行者，賢人也。不占名標，不尋利孔，氣昏志惰，荒德廢業者，衆人也。炫虛名，漁實利，而內存狡獪之心，陰爲鳥獸之行者，盜賊也。

圈子裏幹實事，賢者可能；圈子外幹大事，非豪杰不能。或曰：圈子外可幹乎？曰：世俗所謂圈子外，乃聖賢所謂性分內也。人守一官，官求一稱，內外皆若人焉，天下可庶幾矣，所謂圈子內幹實事者也。心切憂世，志在匡時，苟利天下，文法所不能拘；苟計成功，形迹所不必避，則圈子外幹大事者也。識高千古，慮周六合，挽末世之頹風，還先王之雅道，使海內復嘗秦、漢以前之滋味，則又圈子以上人矣。世有斯人乎，吾將與之共流涕矣。乃若硜硜狃衆見，惴惴循弊規，威儀文辭，燦然可觀，勤慎謙默，居然寡過，是人也，但可爲高官耳，世道奚賴焉？

達人落葉窮通，浮雲生死；高士睥睨古今，玩弄六合；聖人古今一息，萬物一身；衆人塵弃天真，腥集世味。

陽君子取禍，陰君子獨免。陽小人取禍，陰小人得福。陽君子剛正直方，陰君子柔嘉温厚。陽小人暴戾放肆，陰小人奸回智巧。

古今士率有三品：上士不好名，中士好名，下士不知好名。

上士重道德，中士重功名，下士重辭章，斗筲之人重富貴。

人流品格以君子小人定之大率有九等：有君子中君子，才全德備，無往不宜者也。有君子，優于德而短于才者也。有善人，徇雅温樸，僅足自守，識見雖正而不能自決，躬行雖力而不能自保。有衆人，才德識見俱無足取，與世浮沉，趨利避害，碌碌風俗中無自表异。有小人，偏氣邪心，惟己私是殖，苟得所欲，亦不害物。有小人中小人，貪殘陰狠，恣意所極，而才足以濟之，斂怨怙終，無所顧忌。外有似小人之君子，高峻奇絶，不就俗檢，然規模弘遠，小疵常烜，不足以病之。有似君子之小人，老詐濃文，善藏巧借，爲天下之大惡，占天下之大名，事幸不敗，當時後世皆爲所欺，而竟不知者。有君子小人之間，行亦近正而偏，語亦近道而雜，學圓通便近于俗，尚古樸則入于腐，寛便姑息，嚴便猛鷙，是人也，有君子之心，有小人之過者也，每至害道。學者戒之。

有俗檢，有禮檢，有通達，有放達。君子通達于禮檢之中，騷士放達于俗檢之外，世之無識者專以小節細行定人品，大可笑也。

上才爲而不爲，中才只見有爲，下才一無所爲。

心術平易，制行誠直，語言疏爽，文章明達，其人必君子也。心術微曖，制行詭秘，語言吞吐，文章晦澀，其人亦可知矣。

有過不害爲君子，無過可指底，真則聖人，僞則大奸，非鄉愿之媚世，則小人之欺世也。

從欲則如附膻，見道則若嚼蠟，此下愚之極者也。

有涵養人心思極細，雖應倉卒而胸中依然暇豫，自無粗疏之病。心粗便是學不濟處。

功業之士，清虛者以爲粗才，不知堯、舜、禹、湯、皋、夔、稷、契功業乎？清虛乎？飽食暖衣而工騷墨之事，話玄虛之理，謂勤政事者爲俗吏，謂工農桑者爲鄙夫，此敝化之民也，堯、舜之世無之。

觀人括以五品：高、正、雜、庸、下。獨行奇識曰高品，賢智者流。擇中有執曰正品，聖賢者流。有善有過曰雜品，勸懲可用。無短無長曰庸品，無益世用。邪僞二種曰下品，慎無用之。

氣節信不過人，有出一時之感慨，則小人能爲君子之事；有出于一念之剽竊，則小人能盜君子之名。亦有初念甚力，久而屈其雅操；當危能奮，安而喪其平生者。此皆不自涵養中來。若聖賢學問，至死更無破綻。

無根本底氣節，如酒漢毆人，醉時勇，醒時索然無分毫氣力。無學問底識見，如庖人煬竈，面前明，背後左右無一些照顧。而無知者賞其一時，惑其一偏，每擊節嘆服，信以終身。吁！難言也。

衆惡必察，是仁者之心，不仁者聞人之惡喜談樂道，疏薄者聞人之惡深信不疑。惟仁者知惡名易以污人，而作惡者之好爲誣善也，既察爲人所惡者何人，又察言者何心，又察致惡者何由，耐心留意，獨得其真。果在位也，則信任不疑；果不在位也，則舉辟無貳；果如人所中傷也，則扶救必力。嗚呼！此道不明久矣。

黨錮諸君，只是褊淺無度量。身當濁世，自處清流，譬之涇渭，不言自別。正當遵海濱而處，以待天下之清也，却乃名檢自負，氣節相高，志滿意得，卑視一世而踐踏之，譏謗權勢而狗彘之，使人畏忌。奉承愈熾愈驕，積津要之怒，潰權勢之毒，一朝而成截胥之凶，其死不足惜也。《詩》稱『明哲保身』，孔稱『默足有容，免于刑戮』，豈貴貨清市直，甘鼎鑊如飴哉？申、陳二子得之郭林宗幾矣。『顧』、『厨』、『俊』、

『及』，吾道中之罪人也，僅愈于卑污耳。若張儉則又李膺、范滂之罪人，可誅也夫！

問：嚴子陵何如？曰：富貴利達之世不可無此種高人，但朋友不得加于君臣之上。五臣與舜同僚友，今日比肩，明日北面而臣之，何害其爲聖人？若有用世之才，抱憂世之志，朋時之所講求，正欲大行竟施以康天下，孰君孰臣，正不必爾。如欲遠引高蹈，何處不可藏身？便不見光武也得。既見矣，猶友視帝而加足其腹焉，恐道理不當如是。若光武者則大矣。

見是賢者，就着意回護，雖有過差，都向好邊替他想；見是不賢者，就着意搜索，雖有偏長，都向惡邊替他想。自宋儒以來，率坐此失，大段都是個偏識見，所謂好而不知其惡，惡而不知其美者。惟聖人便無此失，只是此心虛平。

蘊藉之士深沉，負荷之士弘重，斡旋之士圓通，康濟之士精敏。反是皆凡才也，即聰明辯博無補焉。

君子之交怕激，小人之交怕合。斯二者，禍人之國，其罪均也。

聖人把得定理，把不得定勢。是非，理也。成敗，勢也。有勢不可爲而猶爲之者，惟其理而已。知此，則三仁可與五臣比事功，孔子可與堯、舜較政治。

未試于火，皆純金也。未試于事，皆完人也。惟聖人無往而不可。下聖人一等皆有所不足，皆可試而敗。夫三代而下人物，豈甚相遠哉？生而所短不遇于所試，則全名定論，可以蓋棺。不幸而偶試，其所不足，則不免爲累。夫試不試之間不可以定人品也。故君子觀人不待試，而人物高下終身事業不爽分毫，彼其神識自在世眼之外耳。

明世之頹波，明知其當變，狃于衆皆爲之而不敢動；事之義舉，明知其當爲，狃于衆皆不爲而不敢動，是亦衆人而已。提抱之兒得一果餅，未敢輒食，母嘗之而後入口，彼不知其可食與否也。既知之矣，猶以衆人爲行止，可愧也夫。惟英雄豪杰不徇習以居非，能違俗而任道，夫是之謂獨復。嗚呼！此庸人智巧之士所謂生事而好异者也。

士氣不可無，傲氣不可有。士氣者，明于人己之分，守正而不詭隨。傲氣者，昧于上下之等，好高而不素位。自處者每以傲人爲士氣，觀人者每以士氣爲傲人。悲夫！故惟有士氣者能謙己下人，彼傲人者昏夜乞哀或不可知矣。

體解神昏，志消氣沮，天下事不是這般人幹底。攘臂抵掌，矢志奮心，天下事也不是這般人幹底。幹天下事者，智深勇沉，神閑氣定。有所不言，言必當；有所不爲，爲必成。不自好而露才，不輕試以幸功。此真才也，世鮮識之。近世惟前二種人乃互相譏，識者胥笑之。

賢人君子，那一種人裏没有？鄙夫小人，那一種人裏没有？世俗都在那爵位上定人品，把那邪正却作第二着看。今有僕隸乞丐之人，特地做忠孝節義之事，爲天地間立大綱常，我當北面師事之，環視達官貴人，似俯首居其下矣。論到此，那富貴利達與這忠孝節義比來，豈直太山鴻毛哉？然則匹夫匹婦未可輕，而下士寒儒其自視亦不可渺然小也。故論勢分，雖抱關之吏亦有所下以伸其尊；論性分，則堯、舜與途人可揖讓于一堂。論心談道，孰貴孰賤？孰尊孰卑？故天地間惟道貴，天地間人惟得道者貴。

山林處士常養一個傲慢輕人之象，常積一腹痛憤不平之氣，此是大病痛。

好名之人充其心，父母兄弟妻子都顧不得，何者？名無兩成，必相形而後顯。葉人證父攘羊，陳仲子惡兄受鵝，周澤奏妻破戒，皆好名之心爲之也。

世之人常把好事讓與他人做，而甘居己于不肖；又要掠個好名兒在身上，而詆他人爲不肖。悲夫！是益其不肖也。

理聖人之口易，理衆人之口難。聖人之口易爲衆人，衆人之口難爲聖人。豈直當時之毁譽，即千古英雄豪杰之士、節義正直之人，一入議論之家，彼臧此否，各騁偏執，互爲雌黄，譬之舞文吏出入人罪，惟其所欲求，其有大公至正之見，死者復生而響服者幾人？是生者肆口而死者含冤也。噫！使臧否人物者而出于無聞之士，猶昔人之幸也。彼擅著作之名號，爲一世人杰，而立言不慎，則是獄成于廷尉，就死而莫之辯也，不仁莫大焉。是故君子論人，與其刻也寧恕。

正直者必不忠厚，忠厚者必不正直。正直人植綱常扶世道，忠厚人養和平培根本。然而激天下之禍者，正直之人；養天下之禍者，忠厚之過也。此四字兼而有之，惟時中之聖。

露才是士君子大病痛，尤莫甚于飾才。露者不藏其所有也，飾者虚剽其所無也。

士有三不顧：行道濟時人顧不得愛身，富貴利達人顧不得愛德，全身遠害人顧不得愛天下。

其事難言而于心無愧者，寧滅其可知之迹，故君子爲心受惡，太伯是已。情有所不忍而義不得不然者，寧負大不韙之名，故君子爲理受惡，周公是已。情有可矜而法不可廢者，寧自居于忍以伸法，故君子爲法受惡，武侯是已。人皆爲之，而我獨不爲，則掩其名以分謗，故君子爲衆受惡，宋子罕是已。

不欲爲小人，不能爲君子，畢竟作甚麽人？曰：衆人。既衆人，當于衆人伍矣。而列其身名于士大夫之林，可乎？故衆人而有士大夫之行者榮，士大夫而爲衆人之行者辱。

天之生人，雖下愚亦有一竅之明，聽其自爲用而極致之，亦有可觀，而不可謂之才。所謂才者，能爲人用，可圓可方，能陰能陽，而不以己用者也。以己用皆偏才也。

心平氣和而有强毅不可奪之力，秉公持正而有圓通不可拘之權，可以語人品矣。

從容而不後事，急遽而不失容，脱略而不疏忽，簡静而不凉薄，真率而不鄙俚，温潤而不脂韋，光明而不淺浮，沈静而不陰險，嚴毅而不苛刻，周匝而不煩碎，權變而不譎詐，精明而不猜察，亦可以爲成人矣。

厚德之士能掩人過，盛德之士不令人有過。不令人有過者體其不得已之心，知其必至之情而預遂之者也。

烈士死志，守士死職，任士死怨，忿士死鬥，貪士死財，躁士死言。

知其不可爲而遂安之者，達人智士之見也。知其不可爲而猶極力以圖之者，忠臣孝子之心也。

無識之士有三耻：耻貧，耻賤，耻老。或曰：君子獨無耻與？曰：有耻。親在而貧，耻。用賢之世而賤，耻。年老而德業無聞，耻。

初開口便是煞尾語，初下手便是盡頭著，此人大無含蓄，大不濟事，學者戒之。

一個俗念頭，一雙俗眼目，一口俗話説，任教聰明才辯，可惜錯活了一生。

或問：君子小人，辯之最難。曰：君子而近小人之迹，小人而爲君子之態，此誠難辯。若其大都，則如皂白不可掩也。君子容貌敦大老成，小人容貌浮薄瑣屑。君子平易，小人蹺蹊。君子誠實，小人奸詐。君子多讓，小人多爭。君子少文，小人多態。君子之心正直光明，小人之心邪曲微曖。君子之言雅淡質直，惟以達意，小人之言鮮穠柔澤，務于可人。君子與人親而不昵，直諒而不養其過；小人與人狎而致情，諛悅而多濟其非。君子處事可以盟天質日，雖骨肉而不阿；小人處事低昂世態人情，雖昧理而不顧。君子臨義，慷慨當前，惟視天下國家人物之利病，其禍福毀譽了不關心；小人臨義則觀望顧忌，先慮爵禄身家妻子之便否，視社稷蒼生漫不屬己。君子事上禮不敢不恭，難使枉道；小人事上身不知爲我，側意隨人。君子禦下防其邪，而體其必至之情；小人禦下遂吾欲，而忘彼同然之願。君子自奉節儉恬雅，小人自奉汰侈彌文。君子親賢愛士，樂道人之善；小人嫉賢妒能，樂道人之非。如此類者，色色頓殊。孔子曰『患不知人』，吾以爲終日相與，其類可分，雖善矜持，自有不可掩者在也。

今之論人者，于辭受，不論道義，只以辭爲是，故辭寧矯廉而避貪愛之嫌。于取與，不論道義，只以與爲是，故與寧傷惠而避吝嗇之嫌。于怨怒，不論道義，只以忍爲是，故禮雖當校而避無量之嫌。義當明分，人皆病其諛，而以倨傲矜陵爲節概。禮當持體，人皆病其倨，而以過禮足恭爲盛德。惟儉是取者，不辯禮有當豐；惟默是貴者，不論事有當言。此皆察理不精，貴賢知而忘其過者也。噫！與不及者誠有間矣，其賊道均也。

狃淺識狹聞，執偏見曲說，守陋規俗套，斯人也，若爲鄉里常人不足輕重，若居高位有令名，其壞世教不細。

以粗疏心看古人親切之語，以煩躁心看古人靜深之語，以浮泛心看古人玄細之語，以淺狹心看古人博洽之語，便加品騭，真孟浪人也。

文姜與弑桓公，武后滅唐子孫，更其國廟，此二婦者，皆國賊也，而祔葬于墓，祔祭于廟，禮法安在？此千古未反一大案也。或曰：子無廢母之義。噫！是言也，閭閻市井兒女之識也。以禮言，三綱之重，等于天地，天下共之。子之身，祖廟承繼之身，非人子所得而有也。母之罪，宗廟君父之罪，非人子所得而庇也。文姜、武后，莊公、中宗安得而私之以情？言弑吾身者與我同邱陵，易吾姓者與我同血食，祖父之心悦乎？怒乎？對子而言，則母尊；對祖父而言，則吾母臣妾也。以血屬而言，祖父我同姓，而母异姓也。在爲母忘身可也，不敢仇；雖殺我可也，不敢仇。宗廟也，父也，我得而專之乎？專祖父之廟以濟其私，不孝；重生我之恩而忘祖父之仇，亦不孝。不體祖父之心，强所仇而與之共土同牢，亦不孝。二婦之罪當誅，吾爲人子不忍行亦不敢行

也。有爲國討賊者，吾不當聞亦不敢罪也。不誅不討，爲吾母者逋戮之元凶也。葬于他所，食于別宫，稱后夫人而不繫于夫，終身哀悼以傷吾之不幸而已。莊公、中宗皆昏庸之王，吾無責矣。吾恨當時大臣陷君于大過而不顧也。或曰：『葬我小君文姜。』夫子既許之矣，子何罪焉？曰：此胡氏失仲尼之意也。仲尼蓋傷魯君臣之昧禮而特著其事以示譏爾。曰『我』言不當我而我之也。曰『小君』言不成小君而小君之也，與歷世夫人同書而不异其詞，仲尼之心豈無別白至此哉？不然姜氏會齊侯，每行必書其惡，惡之深如此，而肯許其爲『我小君』邪？或曰：子狃于母重而不敢不尊，臣狃于君命而不敢不從，是亦權變之禮耳。余曰：否！否！宋桓夫人出耳，襄公立而不敢迎其母，聖人不罪襄公之薄恩而美夫人之守禮。况二婦之罪瀰漫宇宙，萬倍于出者。臣子忘祖父之重而尊一罪大惡極之母以伸其私，天理民彝滅矣。道之不

明一至是哉？余安得而忘言？

平生無一人稱譽，其人可知矣。平生無一人詆毀，其人亦可知矣。

大如天，聖如孔子，未嘗盡可人意。是人也，無分君子小人皆感激之，是在天與聖人上，賢邪？不肖邪？我不可知矣。

尋行數墨是頭巾見識，慎步矜趨是釵裙見識，大刀闊斧是丈夫見識，能方能圓、能大能小是聖人見識。

春秋人計可否，畏禮義，惜體面。戰國人只是計利害，機械變詐，苟謀成計得，顧甚體面？說甚羞耻？

太和中發出，金石可穿，何況民物，有不孚格者乎？

自古聖賢孜孜汲汲，惕厲憂勤，只是以濟世安民爲己任，以檢身約己爲先圖，自有知以至于蓋棺，尚有未畢之性分，不了之心緣，不惟孔、孟，雖佛、老、墨翟、申、韓皆有一種斃而後已念頭，是以生不爲世間贅疣之物，死不爲幽冥浮蕩之鬼。乃西晋王衍輩一出，以身爲懶散之物，百不經心，放蕩于禮法之外，一無所忌，以浮談玄語爲得聖之清，以滅理廢教爲得道之本，以浪游于山水之間爲高人，以銜杯于糟曲之林爲達士。人廢職業，家尚虛無，不止亡晋，又開天下後世登臨題咏之禍，長惰慢放肆之風，以至于今。追原亂本，益開釁于莊列，而基惡于巢、由，有世道之責者宜所戒矣。

微子抱祭器歸周，爲宗祀也。有宋之封，但使先王血食，則數十世之神靈有托，我可也，箕子可也，但屬子姓者一人亦可也。若曰事异姓以苟富貴而避之嫌，則淺之乎其爲識也。惟是箕子可爲夷齊，而《洪範》之陳，朝鮮之封，是亦不可以已乎。曰：係累之臣，釋囚訪道，待以不臣之禮，而使作賓，固聖人之所不忍負也。此亦達節之一事，不可爲後世宗臣借口。

無心者公，無我者明，當局之君子不如旁觀之衆人者，有心、有我之故也。

君子豪杰戰兢惕勵，當大事勇往直前；小人豪杰放縱恣睢，拼一命横行直撞。

『老子猶龍』不是尊美之辭，蓋變化莫測，淵深不露之謂也。

樂要知内外。聖賢之樂在心，故順逆窮通隨處皆泰。衆人之樂在物，故山溪花鳥遇境纔生。

可恨讀底是古人書，作底是俗人事。

言語以不肖而多，若皆上智人，更不須一語。

能用天下而不能用其身，君子惜之。善用其身者善用天下者也。

粗豪人也自正氣，但一向恁底便不可與入道。

學者不能徙義改過，非是不知，只是積慵久慣，自家由不得自家，便没一些指望。若真正格致了，便由不得自家，欲罷不能矣。

孔、孟以前人物只是見大，見大便不拘攣。小家勢人尋行數墨，使殺了，只成就個狷者。

終日不歇口，無一句可議之言，高于緘默者百倍矣。

越是聰明人越教誨不得。

强恕須是有這恕心纔好，勉强推去，若視他人飢寒痛楚漠然通不動心，是恕念已無，更强個甚？還須是養個恕出來，纔好與他説强。

盗莫大于瞞心昧己，而竊劫次之。

明道受用處陰得之佛老，康節受用處，陰得之莊列，然作用自是吾儒，蓋能奴僕四氏而不爲其作用者。此語人不敢道，深于佛老莊列者自默識得。

鄉原是似不是僞，孟子也只定他個『似』字。今人却把『似』字作『僞』字看，不惟欠確，且末減了他罪。

不當事不知自家不濟，才隨遇長，識以窮精，坐談先生，只好説理耳。

沉溺了，如神附，如鬼迷，全由不得自家，不怕你明見真知，眼見得深淵陡澗，心安意肯底直前撞去。到此翻然跳出，無分毫粘帶，非天下第一大勇不能。學者須要知此。

巢父、許由，世間要此等人作甚？荷蕢、晨門、長沮、桀溺知世道已不可爲，自有無道則隱一種道理。巢、由一派有許多人皆污濁堯、舜，噦吐皋、夔，自謂曠古高人，而不知不仕無義，潔一身以病天下，吾道之罪人也。且世無巢許，不害其爲唐虞；無堯、舜、皋、夔，巢、許也没安頓處，誰成就你個高人？

而今士大夫聚首時，只問我輩奔奔忙忙、熬熬煎煎，是爲天下國家，欲濟世安民乎？是爲身家妻子、欲位高金多乎？世之治亂，民之死生，國之安危，只于這兩個念頭定了。嗟夫！吾輩日多而世益苦，吾輩日貴而民日窮，世何貴于有吾輩哉！

只氣盛而色浮，便見所得底淺。邃養之人安詳沉静，豈無慷慨激切、發强剛毅時？畢竟不輕恁底。

以激爲直，以淺爲誠，皆賢者之過。

評品古人，必需胸中有段道理，如權平衡直，然後能稱輕重。若執偏見曲説，昧于時不知其勢，責其病不察其心，未嘗身處其地，未嘗心籌其事，而曰某非也，某過也，是瞽指星，聾議樂，大可笑也。君子耻之。

小勇噉躁，巧勇色笑，大勇沉毅，至勇無氣。

爲善去惡是趨吉避凶，惑矣。陰陽异端之説也。祀非類之鬼，禳自致之灾，祈難得之福，泥無損益之時日，宗趨避之邪術，悲夫！愚民之抵死而不悟也。即悟之者，亦狃天下皆然而不敢异，至有名公大人尤極信尚。嗚呼！反經以正邪慝，將誰望哉？

夫物，愚者真，智者僞；愚者完，智者喪。無論人，即烏之返哺，雉之耿介，鳲鳩均平專一，雎鳩和而不流，雁之貞静自守，騶虞之仁，獬豸之秉正嫉邪，何嘗有矯僞哉？人亦然，人之全其天者，皆非智巧者也。纔智巧則其天漓矣，漓則其天可奪。惟愚者之天不可奪，故求道真，當求之愚；求不二心之臣以任天下事，亦當求之愚。夫愚者何嘗不智哉？愚者之智，純正專一之智也。

面色不浮，眼光不亂，便知胸中静定，非久養不能。《禮》曰：『儼若思，安定辭。』善形容有道氣象矣。

于天理汲汲者，于人欲必淡。于私事耽耽者，于公務必疏。于虚文熚熚者，于本實必薄。

聖賢把持得義字最乾净，無分毫利字干擾。衆人纔有義舉，便不免有個利字來擾亂，利字不得，便做義字不成。

道自孔孟之後，無人識三代以上面目，漢儒無見于精，宋儒無見于大。

有憂世之實心，泫然欲泪；有濟世之實才，施處輒宜。斯人也，我願爲曳履執鞭。若聚談紙上微言，不關國家治忽，爭走塵中衆轍，不知黎庶死生，即品格有清濁，均于宇宙無補也。

安重深沉是第一美質，定天下之大難者此人也，辦天下之大事者此人也。剛明果斷次之。其他浮薄好任，翹能自喜，皆行不逮者也。即見諸行事，而施爲無術，反以債事，此等只可居談論之科耳。

任有七難，繁任要提綱挈領，宜綜核之才。重任要審謀獨斷，宜鎮靜之才。急任要觀變會通，宜明敏之才。密任要藏機相可，宜周慎之才。獨任要擔當執持，宜剛毅之才。兼任要任賢取善，宜博大之才。疑任要内明外朗，宜駕馭之才。天之生人，各有偏長，國家之用人，備用群長。然而投之所向輒不濟事者，所用非所長，所長非所用也。

操進退用捨之權者要知大體，若專以小知觀人，則卓犖奇偉之士都在所遺。何者？敦大節者不爲細謹，有遠略者或無小才，肩鉅任者或無捷識。而聰明才辯敏給圓通之士、節文習熟聞見廣洽之人，類不能裨緩急之用。嗟夫！難言之矣。士之遇不遇，顧上之所愛憎也。

居官念頭有三用：念念用之君民，則爲吉士；念念用之套數，則爲俗吏；念念用之身家，則爲賊臣。

小廉曲謹之士，循途守轍之人，當太平時使治一方、理一事，盡能奉職。若定難决疑，應卒蹈險，寧用破綻人，不用尋常人。雖豪悍之魁，任俠之雄，駕御有方，更足以建奇功，成大務。噫！難與曲局者道。

聖人悲時憫俗，賢人痛世疾俗，衆人混世逐俗，小人敗常亂俗。嗚呼！小人壞之，衆人從之，雖憫雖疾，竟無益矣。故明王在上則移風易俗。

觀人只諒其心。心苟無他，迹皆可原。如下官之供應未備，禮節偶疏，此豈有意簡傲乎？簡傲上官以取罪，甚愚者不爲也。何怒之有？供應豐溢，禮節卑屈，此豈敬我乎？將以悦我爲進取之地也。何感之有！

今之國語鄉評，皆繩人以細行。細行一虧，若不可容于清議。至于大節都脱略廢墜，渾不説起。道之不明亦至此乎？可嘆也已！

凡見識出于道理者第一，出于氣質者第二，出于世俗者第三，出于自私者爲下。道理見識可建天地，可質鬼神，可推四海，可達萬世。正大公平，光明易簡，此堯、舜、禹、湯、文、武、周、孔相與授受者是也。氣質見識，仁者謂之仁，智者謂之智。剛氣多者爲賢智、爲高明，柔氣多者爲沉潛、爲謙忍。夷、惠、伊尹、老、莊、申、韓各發明其質之所近是已。世俗見識狃于傳習之舊，不辯是非，安于耳目之常，遂爲依據，教之則藐不相入，攻之則牢不可破，淺庸卑陋而不可談王道。自秦、漢、唐、宋以來，創業中興往往多坐此病。故禮樂文章因陋就簡，紀綱法度緣勢因時，二帝三王旨趣漫不曾試嘗，邈不入夢寐，可爲流涕者，此輩也。己私見識利害榮辱横于胸次，是非可否迷其本真，援引根據亦足成一家之説，附會擴充盡可眩衆人之聽。秦皇本游觀也，而托言巡狩四岳；漢武本窮兵也，而托言張皇六師。道自多歧，事有兩端，善辯者不能使服，不知者皆爲所惑。是人也，設使旁觀，未嘗不明，惟是當局便不除己，其流之弊，至于禍國家、亂世道而不顧，豈不大可憂、大可懼哉！故聖賢蹈險履危，把自家搭在中間；定議決謀，把自家除在外面，即見識短長不敢自必，不害其大公無我之心也。

凡爲外所勝者，皆内不足也；爲邪所奪者，皆正不足也。二者如持衡，然這邊低一分，那邊即昂一分，未有毫髮相下者也。

善爲名者，借口以掩真心；不善爲名者，無心而受惡名。心迹之間，不可以不辯也。此觀人者之所忽也。

自中庸之道不明，而人之相病無終已。狷介之人病和易者爲熟軟，和易之人病狷介者爲乖戾。率真之人病縝密者爲深險，慎密之人病率真者爲粗疏。精明之人病渾厚者爲含糊，渾厚之人病精明者爲苛刻。使質于孔子，吾知其必有公案矣。孔子者，合千聖于一身，萃萬善于一心，隨事而時出之，因人而通變之，圓神不滯，化裁無端，其所自爲不可以教人者也。何也？難以言傳也。見人之爲不以備責也，何也？難以速化也。

觀操存在利害時，觀精力在飢疲時，觀度量在喜怒時，觀存養在紛華時，觀鎮定在震驚時。

人言之不實者十九，聽言而易信者十九，聽言而易傳者十九。以易信之心，聽不實之言，播喜傳之口，何由何跖？而流傳海內，記載史册，冤者冤，幸者幸，嗚呼！難言之矣。

孔門心傳，惟有顔子一人，曾子便屬第二等。

名望甚隆，非大臣之福，如素行無愆，人言不足仇也。

盡聰明底是盡昏愚，盡木訥底是盡智慧。

透悟天地萬物之情，然後可與言性。

僧道、宦官、乞丐，未有不許其爲聖賢者，我儒衣儒冠且不類儒，彼顧得以嗤之，奈何以爲异類也而鄙夷之乎？

盈山寶玉，滿海珠璣，任人恣意采取，并無禁厲榷奪。而束手裹足，甘守艱難，愚亦至此乎？

告子許大力量，無論可否，只一個不動心。豈無骨氣人所能？可惜只是没學問，所謂『其至，爾力也』。

千古一條大路，堯、禹、舜、湯、文、武、孔、孟由之。此是官路古路，乞人盜跖都有分，都許由，人自不由耳。或曰：須是跟着數聖人走。曰：各人走各人路。數聖人者，走底是誰底路？肯實在走，脚踪兒自是暗合。

功士後名，名士後功。三代而下，真功名之士絶少。聖人以道德爲功名者也，賢人以功名爲功名者也，衆人以富貴爲功名者也。

建天下之大事功者，全要眼界大，眼界大則識見自別。

談治道，數千年來只有個唐、虞、禹、湯、文、武，作用自是不侔。衰周而後直到于今，高之者爲小康，卑之者爲庸陋。唐虞時光景，百姓夢也夢不着。創業垂統之君臣，必有二帝五臣之學術而後可。若將後世眼界立一代規模，如何是好！

一切人爲惡猶可言也，惟讀書人不可爲惡。讀書人爲惡，更無教化之人矣。一切人犯法猶可言也，做官人不可犯法。做官人犯法，更無禁治之人矣。

自有書契以來，穿鑿附會，作聰明以亂真者不可勝紀。無知者借信而好古之名，以誤天下後世蒼生，不有洞見天地萬物之性情者出而正之，迷誤何有極哉？虛心君子寧闕疑可也。

君子當事，則小人皆爲君子，至此不爲君子，真小人也。小人當

事，則中人皆爲小人，至此不爲小人，真君子也。

小人亦有好事，惡其人則并疵其事；君子亦有過差，好其人則并飾其非，皆偏也。

無欲底有，無私底難。二氏能無情欲而不能無私。無私無欲，正三教之所分也。此中最要留心理會，非狃于聞見章句之所能悟也。

道理中作人，天下古今都是一樣；氣質中作人，便自千狀萬態。

論造道之等級，士不能越賢而聖，越聖而天。論爲學之志向，不分士、聖、賢，便要希天。

顔淵透徹，曾子敦樸，子思縝細，孟子豪爽。

多學而識，原是中人以下一種學問。故夫子自言『多聞，擇其善而從之，多見而識之』，教子張『多聞闕疑』、『多見闕殆』，教人『博學于文』，教顔子博之以文。但不到一貫地位，終不成究竟，故頓漸兩門，

各緣資性。今人以一貫爲入門，上等天資自是了悟，非所望于中人，其誤後學不細。

無理之言不能惑世誣人，只是他聰明才辯，附會成一段話説，甚有滋味。無知之人欣然從之，亂道之罪不細。世間此種話十居其六七，既博且久，非知道之君子孰能辯之？

間中都不容髮，此智者之所乘而愚者之所昧也。

明道在朱、陸之間。

明道不落塵埃，多了看釋、老。伊川終是拘泥，少了看莊、列。

迷迷易悟，明迷難醒。明迷愚，迷明智。迷人之迷，一明則跳脱；明人之迷，明知而陷溺。明人之明，不保其身；迷人之明，默操其柄。

明明可與共太平，明迷可與共憂患。

巢、由、披、卷、佛、老、莊、列，只是認得我字真，將天地萬物只是成就我。堯、舜、禹、湯、文、武、孔、孟，只是認得人字真，將此身心性命只是爲天下國家。

聞毀不可遽信，要看毀人者與毀于人者之人品。毀人者賢，則所毀者損；毀人者不肖，則所毀者重。考察之年，聞一毀言如獲拱璧，不暇計所從來，枉人多矣。

是衆人，即當取其偏長；是賢者，則當望以中道。

士君子高談闊論，語細探玄，皆非實際，緊要在適用濟事。故今之稱拙鈍者曰『不中用』，稱昏庸者曰『不濟事』。此雖諺語口頭，余嘗愧之。同志者盍亦是務乎？

秀雅温文，正容謹節，清廟明堂所宜。若蹈湯火，衽金革，食牛吞象之氣，填海移山之志，死孝死忠，千捶百折，未可專望之斯人。

不做討便宜底學問，便是真儒。

千萬人吾往，赫殺老子，老子是保身學問。

親疏生愛憎，愛憎生毀譽，毀譽生禍福，此智者之所耽耽注意，而端人正士之所脱略而不顧者也。此個題目考人品者不可不知。

精神只顧得一邊，任你聰明智巧，有所密必有所疏。惟平心率物，無毫髮私意者，當疏當密，一準于道，而人自相忘。

讀書要看三代以上人物是甚學識，甚氣度，甚作用。漢之粗淺，便著世俗；宋之局促，使落迂腐，如何見三代以前景象？

真是真非，惟是非者知之，旁觀者不免信迹而誣其心，況門外之人，況千里之外、百年之後乎？其不虞之譽，求全之毁，皆愛憎也，其愛憎者皆恩怨也。故公史易，信史難。

或問某公如何，曰：可謂豪杰英雄，不可謂端人正士。問某公如何，曰：可謂端人正士，不可謂達節通儒。達節通儒乃端人正士中豪

杰英雄者也。

名實如形影，無實之名，造物所忌，而矯僞者貪之，暗修者避之。

『遺葛牛羊，亳衆往耕』，似無此事。聖人雖委曲教人，未嘗不以誠心直道交鄰國。桀在則葛非湯之屬國也，奚問其不祀？即知其無犧牲矣，亳之牛羊豈可以常遺葛伯邪？葛豈真無牛羊邪？有亳之衆，自耕不暇，而又使爲葛耕，無乃後世市恩好名沾沾煦煦者之所爲乎？不然葛雖小亦先王之建國也，寧至無牛羊粢盛哉？即可以供而不祭，當勸諭之矣，或告之天子以明正其罪矣，何至遺牛羊往爲之耕哉？可以不告天子而滅其國，顧可以不教之自供祭事而代之勞且費乎？不然是多彼之罪而我得以藉口也，是伯者假仁義濟貪欲之所爲也。孟子此言其亦公劉、太王好貨色之類與？

漢以來儒者一件大病痛，只是是古非今。今人見識、作爲不如古

人，此其大都。至于風會所宜，勢極所變，禮義所起，自有今人精于古人處。二帝者，夏之古也。夏者，殷之古也。殷者，周之古也。其實制度文爲三代不相祖述，而達者皆以爲是。宋儒泥古，更不考古昔真僞，今世是非。只如祭祀一節，古人席地，不便于飲食，故尚簠簋籩豆，其器皆高。今祭古人用之，從其時也。子孫祭祖考，只宜用祖考常用所宜，而簠簋籩豆是設，可乎？古者墓而不墳，不可識也，故不墓祭。後世父母體魄所藏，巍然丘壠，今欲捨人子所睹記者而敬數寸之木，可乎？則墓祭似不可已也。諸如此類甚多，皆古人所笑者也。使古人生于今，舉動必不如此。

儒者惟有建業立功是難事，自古儒者成名多是講學著述。人未嘗盡試所言，恐試後縱不邪氣，其實成個事功，不狼狽以敗者，定不多人。

而今講學不爲明道，只爲角勝，字面詞語間拿住一點半點錯，便要連篇累牘辨個足。這是甚麼心腸？講甚學問？

得人不敢不然之情易，得人自然之情難。秦、漢而後皆得人不敢不然之情者也。

衆人但于義中尋個利字，再没于利中尋個義字。

性分、名分不是兩項，盡性分底不傲名分。召之見，不肯見之；召之役，往執役之事。今之講學者，陵犯名分，自謂高潔。孔子乘田委吏何嘗不折腰屈膝于大夫之庭乎？噫！道之不明久矣。

中高第，做美官，欲得願足，這不是了却一生事。只是作人不端，或無過可稱，而分毫無補于世，則高第美官反以益吾之耻者也。而世顧以此自多，予不知其何心。

隱逸之士只優于貪榮戀勢人，畢竟在行道濟時者之下。君子重之，所以羞富貴利達之流也。若高自標榜，塵視朝紳而自謂清流，傲然獨得，則聖世之罪人也。夫不仕無義，宇宙内皆儒者事，奈之何潔身娱己弃天下理亂于不聞，而又非笑堯舜稷契之儔哉？使天下而皆我也，我且不得有其身，况有此樂乎？予無用世具，行將老桑麻間，故敢云。

古之論賢不肖者，不曰幽明則曰枉直，則知光明洞達者爲賢，隱伏深險者爲不肖。真率爽快者爲賢，斡旋轉折者爲不肖。故賢者如白日青天，一見即知其心事。不肖者如深谷晦夜，窮年莫測其淺深。賢者如疾矢急弦，更無一些回護。枉者如曲鈎盤繩，不知多少機關。故虞廷曰『黜陟幽明』，孔子曰『舉直錯枉』。觀人者之用明，捨是無所取矣。

品第大臣率有六等，上焉者寬厚深沉，遠識兼照，造福于無形，消禍于未然，無智名勇功，而天下陰受其賜。其次剛明任事，慷慨敢言，愛國如家，憂時如病，而不免太露鋒芒，得失相半。其次恬静逐時，動循故事，利不能興，害不能除。其次持禄養望，保身固寵，國家安危，略不介懷。其次貪功啓衅，怙寵張威，愎是任情，擾亂國政。其次奸險凶淫，煽虐肆毒，賊傷善類，蠱惑君心，斷國家命脉，失四海人望。

極寬過厚、足恭曲謹之人，亂世可以保身，治世可以敦俗。若草昧經綸，倉卒籌畫，荷天下之重，襄四海之難，永百世之休，旋乾轉坤，安民阜物，自有一等英雄豪杰，渠輩當束之高閣。

弃此身操執之常而以圓軟沽俗譽，忘國家遠大之患而以寬厚市私恩，巧趨人所未見之利，善避人所未識之害，立身于百禍不侵之地，事成而我有功，事敗而我無咎，此智巧士也，國家奚賴焉！

委罪掠功，此小人事。掩罪誇功，此衆人事。讓美歸功，此君子事。分怨共過，此盛德事。

士君子立身難，是不苟；識見難，是不俗。

十分識見人與九分者説，便不能了悟，况愚智相去不翅倍蓰。而一不當意輒怒而弃之，則臯、夔、稷、契、伊、傅、周、召弃人多矣。所貴乎有識而居人上者，正以其能就無識之人，因其微長而善用之也。

大凡與人情不近，即行能卓越，道之賊也。聖人之道，人情而已。

以林臯安樂懶散心做官，未有不荒怠者。以在家治生營産心做官，未有不貪鄙者。

守先王之大防，不爲苟且人開蹊竇，此儒者之操尚也。敷先王之道而布之宇宙，此儒者之事功也。

士君子須有三代以前一副見識，然後可以進退古今，權衡道法，可以成濟世之業，可以建不世之功。

矯激之人加卑庸一等，其害道均也。吴季札、陳仲子、時苗、郭巨之類是已。君子矯世俗只到恰好處便止，矯枉只是求直，若過直則彼左枉而我右枉也。故聖賢之心如衡，處事與事低昂，分毫不得高下，使天下曉然知大中至正之所在，然後爲不詭于道。

曲如煉鐵鈎，直似脱弓弦，不覓封侯貴，何爲死道邊。

雅士無奇名，幽人絶隱慝。

題湯陰廟末聯：千古形銷骨已朽，丹心猶自血鮮鮮。

寄所知云：道高毀自來，名重身難隱。